Werner Schneyder

Schlafen Sie gut, Herr Tucholsky!
und andere Bühnenlieder

Werner Schneyder

Schlafen Sie gut, Herr Tucholsky!

und andere Bühnenlieder

verlegt bei Kindler

Satzarbeiten: Pustet, Regensburg
Druck und Verarbeitung: Ebner Ulm
Printed in Germany
8–1–8–8–3

ISBN 3–463–00864–5

Inhaltsverzeichnis

Politik & Wirtschaft

Gesellschaft & Alltag

Person & Sentiment

* mit freundlicher Genehmigung des Alpha-Musikverlages
** mit freundlicher Genehmigung der Edition Montana

Politik
&
Wirtschaft

Das Kapital hat längst seine Gewerkschaft.
Und die Gewerkschaft hat ihr Kapital.
Die Linken kultivieren ihre Sekten.
Und die Faschisten steh'n im Wartesaal.

SCHLAFEN SIE GUT, HERR TUCHOLSKY!

TEXT: W. SCHNEYDER

MUSIK: R. GRATKO

Schlafen Sie gut, Herr Tucholsky!

Das ist das große Protokoll
das ist – gesammelt – ein Bericht:
Feuilleton, Satire – Dur und Moll –
Polemik, Träume – ein Gedicht.

Das ist die Zwischenzeitenzeitung:
Hoffen, Symptome, dann die Wende.
Die gnadenlose Ableitung
der Formel: Anfang – Scheitern – Ende.

Schlafen Sie gut, Herr Tucholsky!
Ihr Selbstmord war nicht übereilt.
Ihr Werk hat zehn Bände,
ich les' die zu Ende
und bin von jeglicher Hoffnung geheilt.

Schlafen Sie gut, Herr Tucholsky!
Zum Ausstieg wär's bald wieder Zeit.
Die Welt zu beschreiben
heißt: sich zu vertreiben.
Sie wären sicher bald wieder soweit.

Die Militärs sind wieder militärisch.
Die Uniform läßt Bürger keine sein.
Die Herren werden immer frecher herrisch,
denn die Genossen steh'n in ihren Reih'n.
Das Kapital hat längst seine Gewerkschaft.
Und die Gewerkschaft hat ihr Kapital.
Die Linken kultivieren ihre Sekten.
Und die Faschisten steh'n im Wartesaal.

Schlafen Sie gut, Herr Tucholsky!
Und grüßen Sie das Totenreich.
Auch wenn wir noch bleiben
und spielen und schreiben,
es läuft die Geschichte,
wie man leider sieht, gleich.

Tucholsky hat 1930 geschrieben:

»Blick in ferne Zukunft:*

... Und wenn alles vorüber ist –; wenn sich das alles totgelaufen hat: der Hordenwahnsinn, die Wonne, in Massen aufzutreten, in Massen zu brüllen und in Gruppen Fahnen zu schwenken, wenn diese Zeitkrankheit vergangen ist, (...) dann wird es eines Tages wieder sehr modern werden, liberal zu sein.
Dann wird einer kommen, der wird eine geradezu donnernde Entdeckung machen: er wird den Einzelmenschen entdecken. Er wird sagen: Es gibt einen Organismus, Mensch geheißen, und auf den kommt es an. Und ob der glücklich ist, das ist die Frage. Daß der frei ist, das ist das Ziel. Gruppen sind etwas Sekundäres – der Staat ist etwas Sekundäres. Es kommt nicht darauf an, daß der Staat lebe – es kommt darauf an, daß der Mensch lebe. (...)
Und dann wird sich das auswirken, und hunderttausend schwarzer, brauner und roter Hemden werden in die Ecke fliegen und auf den Misthaufen. Und die Leute werden wieder Mut zu sich selber bekommen, ohne Mehrheitsbeschlüsse und ohne Angst vor dem Staat, vor dem sie gekuscht hatten wie geprügelte Hunde. Und das wird dann so gehen, bis eines Tages ...«

Schlafen Sie gut, Herr Tucholsky!
Ihr Selbstmord war nicht übereilt.
Ihr Werk hat zehn Bände,
ich les' die zu Ende
und bin von jeglicher Hoffnung geheilt.

* Zitat mit freundlicher Genehmigung des Rowohlt-Verlages

Schlafen Sie gut, Herr Tucholsky!
Und grüßen Sie das Totenreich.
Auch wenn wir noch bleiben
und spielen und schreiben,
es läuft die Geschichte,
wie man leider sieht, gleich.

Ich schäme mich

Wie reich muß ein Land eigentlich sein,
Du **Land der Berge, Land am Strome,**
um ein wenig Moral zu haben,
Du **Land der Äcker,** Du **Land der Dome?**
Mußt Du wirklich Panzer exportieren,
Du **Land der Hämmer – zukunftsreich?**
Du schafftest sonst keine Arbeitsplätze,
Du **Heimat** vieler **großer Söhne,**
ohne die Brände der Welt mitzuzünden,
Du **Volk begnadet für das Schöne?**
Du wagst wirklich, das zu behaupten,
vielgerühmtes Österreich?

Ich schäme mich.
Für jede Lüge unsrer Roten,
für jeden hier erzeugten Toten
schäm' ich mich.

Ich schäme mich.
Für jeden dieser Rednersätze
mit diesem Vorwand »Arbeitsplätze«
schäm' ich mich.

Dieses Land
kann nicht ein Beispiel geben?
Dieses Land
kann nicht gut weiterleben
ohne den Mörderlohn?

Dieses Land
kann sich sonst nicht ernähren?
Dieses Land
kann sich nicht anders wehren
gegen die Depression?

Ja bist Du denn in einem Militärpakt
heiß umfehdet, wild umstritten?
Du bist doch so vorbildlich neutral!
Frei **liegst dem Erdteil Du inmitten.**
Du bist ein wahrhaft freies Land,
einem starken Herzen gleich!
Ja kennst Du denn Deine Hymne nicht?
Du **hast seit frühen Ahnentagen** –
und jetzt kommt ein nützlicher Hinweis –
hoher Sendung Last getragen.
Was verstehst Du denn unter »hoher Sendung«?
Vielgeprüftes Österreich?

Ich schäme mich.
Für jeden breitgequetschten Landser
unter dem »Made in Austria«-Panzer
schäm' ich mich.

Ich schäme mich.
Für jedes dieser »Jagdgewehre«
in Händen der mißbrauchten Heere
schäm' ich mich.

Unser Land
muß Waffen exportieren?
Unser Land
kann sie sonst nicht sanieren
unsere Staatsfinanz?

Unser Land
wagt nicht, sich auszuschließen?
Unser Land
besteht drauf mitzuschießen
für eine Blutbilanz?

Ich schäme mich.
Ich schäme mich.
Ich schäme mich.

Lied vom Hochmut

Nach fünfundvierzig
hatte bekanntlich keiner
vorher wissen können,
was nachher kam.
Nach fünfundvierzig
hatte bekanntlich keiner
noch vor dreiunddreißig
je ein Buch gelesen.
So wurden fast alle
entnazifiziert.
Ein paar allerdings
zum Tode verurteilt.

Nach fünfundvierzig
wurde nicht lang erwähnt,
wie viele verkannt wurden,
die damals warnten.
Wer hatte die Mahnungen übersehen?
Wer hatte die Warnungen überlesen?
Und wieder einmal war es keiner gewesen.

Was blieb vom Hochmut
der dreißiger Jahre?
Feiges Verleugnen,
schiefes Erklären.
Was blieb vom Hochmut
der dreißiger Jahre?
Etwas Geschichte,
braune Affären.
Aber bekennen
und Namen nennen,
nach Gründen fragen,
Wahrheit sagen,
das blieb uns nicht.
Eher Hochmut?

Und dreiundachtzig
hat schon wieder keiner
sechzig wissen können,
was nunmehr ist.
Und dreiundachtzig
hat bekanntlich keiner,
als sie Pleiten säten,
je ein Buch gelesen.
So werden fast alle
wiedergewählt.
Und kaum einmal einer
zum Beichten verurteilt.

Und dreiundachtzig
wird erst recht nicht erwähnt,
wie viele verkannt wurden,
die damals warnten.
Wer hat denn die Mahnungen übersehen?
Wer hat denn die Warnungen überlesen?
Und wieder einmal ist es keiner gewesen.

Was blieb vom Hochmut
der fünfziger Jahre?
Krisengestammel,
Sachzwang und Pose.
Was blieb vom Hochmut
der fünfziger Jahre?
Gründe für Panzer,
Herz in der Hose.
Aber bekennen
und Namen nennen,
nach Gründen fragen,
Wahrheit sagen,
blieb wieder nicht.
Nur noch Hochmut.

Der dritte Weg

Das kann doch nicht der Gegensatz sein:
lieber rot als tot.
Das kann doch keine Umkehrung sein:
lieber tot als rot.
Das kann die Perspektive nicht sein:
tot fürs Kapital.
Und das kann Sozialismus nicht sein –
und gar noch real.
Das kann doch die Synthese nicht sein:
ohne Plan nach Plan.
Das kann doch unsre Antwort nicht sein:
suizid durch Wahn.

Da stellt ein Planet
sich selbst an die Wand,
erstarrt und ohne Verstand,
Blamage für jeden Gott,
der ihn schuf.
Da segelt ein Planet
nur blöd durch das All,
bedroht sich selbst mit dem Knall
und bringt so jedweden Gott
in Verruf.

So sag' ich jeden Tag,
bevor ich mich zu andern leg':
Es gibt nur eine Chance,
und diese Chance heißt:
dritter Weg.

Das kann die reine Lehre nicht sein:
alles ohne Staat!
Das kann die reine Lehre nicht sein:
nur mit Apparat!
Das kann die wahre Freiheit nicht sein:
frei für Idiotie.

Das kann kein Grund für Unfreiheit sein:
knien vor Theorie.
So kann das nicht der Gegensatz sein:
lieber rot als tot.
Und das kann nicht die Umkehrung sein:
lieber tot als rot.

Da hält ein Planet
sich stolz für belebt.
Er glaubt, das Leben erhebt
ihn hoch über das andre Gestirn.
Da gab es Gottes Sohn
als Mensch, sagt die Mär.
Doch wenn das wirklich so wär,
dann wär sein Vater ein Gott
ohne Hirn.

So sag' ich jeden Tag,
bevor ich mich zu andern leg':
Es gibt nur eine Chance,
und diese Chance heißt:
dritter Weg.

Der faule Zauber (1976)
Zwei Magier treten auf

Der faule Zauber
war noch nie so fleißig.
Taschenspieler
haben Konjunktur.
Im Stil der Shows
von neunzehnhundertdreißig
manipulieren Magier
mit Bravour.
Sie holen alten Dreck
aus dem Zylinder
und machen um die Lügen
sehr viel Schau herum.
Und unten sitzen
alle alten Kinder
und sind schon wieder nichts wie Publikum.

Der faule Zauber
zaubert um die Wette.
Zahlenspieler
haben Hochsaison.
Das Argument
hat man in der Manschette,
die jeweils andre Farbe
im Talon.
Im Varieté sind das
Illusionisten,
doch in den andern Medien
sind sie umgeschminkt.
Man sieht die Herrn sich
mit der Frackbrust brüsten,
wenn eine große Volte gut gelingt.

Den kleinen Trick –
den soll der Moralist
nicht unterschätzen.

Denn kleine Tricks –
die haben große schon
geröntgt und dekuvriert.
Nur, kleine Tricks –
die können nichts erziel'n
und nichts versetzen.
Die kleinen Tricks –
die schwindeln nur was weg,
was nicht beseitigt wird.
Doch kleine Tricks –
die soll, wer agitiert,
nur ruhig lernen.
Ein kleiner Trick –
im rechten Augenblick
war oft schon eine Tat.
Zwar, kleine Tricks –
die können nichts erstell'n
und nichts entfernen.
Die kleinen Tricks –
sind nur ein kleiner Teil
von unsrem guten Rat:

Dem faulen Zauber
nicht mehr reinzufallen.
Große Buden
baut die Reaktion.
Und das Plakat
gilt dem Geschmack von allen.
Was kommt, wenn abkassiert wird,
kennt man schon.
Es ist nur alter Dreck
in dem Zylinder.
Zersägte Rezessionen
machen jeden dumm.
Daher der Vorschlag:
Zaubern wir geschwinder!
Man sieht, auch dafür gibt es Publikum.

Werner Schneyder

Wazis

Christoph Pauli

Nazis

Mord an Völkern. Mord an Rassen.
Zwischen Kunst und zwischen Kassen.
Alles ernst und doch noch heiter.
Feldmarschall und auch Gefreiter.

Judensterne. Heldentaten.
Alte Schlager. Frontsoldaten.
Väter sagen: »Glaub mir, Kleener!
Damals gab's noch Enterteener!«

Nazis
sind so chic in Revuen,
sind so herrlich nostalgisch:
die »Golden Fourties« mit KZ-Appeal.
Und Hitler
läßt die Wangen erglühen –
selbstverständlich sehr kritisch.
Man weiß historisch viel, doch

die SA in Goethes »Faust«
ist mehr Kunst als »Holocaust«.
Und es wird der braune Rock
Requisit für jeglichen Schmock.
Zadek oder Syberberg,
Rumpelstilzchen, 7. Zwerg,
Cabaret, Lili Marleen –
schrecklich war's, doch irgendwie schön.

Und so hat man keine Mühe
mit dem Kochen brauner Brühe.
Aus dem Urschlamm kriechen Kröten.
Wollen wieder Frösche töten.

Die Geschichte wird verraten
von erzwung'nen Demokraten.
Ohne Folgen die Gesetze.
Alles möglich. Jede Hetze. Aber

Nazis
sind so chic für Ästheten,
denn es hat jedes Grauen –
so richtig aufbereitet – seinen Schauwert.
Hitler
sehen linke Proleten
zu schwarzweiß. Da vermißt man
den interessanten Grauwert.

Die SS hat auch gefickt.
Kinder, war die Zeit verrückt!
Sex gab's auch im 3. Reich.
Menschen sind doch allzeit so gleich.
Was gab's neben Eva Braun
noch an geilen Nazi-Fraun?
Hatte doch das Hakenkreuz
offenbar erotischen Reiz.

Und man darf die Toten schmähen.
Und die alten Samen säen.
Marschballette. Augenweide.
Deutsche Frauen. Fahneneide.

Chic der Stiefel. Sex der Orden.
Immer dies Parfum von Morden.
Jedes Drehbuch schwer verlogen.
Alles Dealen brauner Drogen.

Nazis,
nein, da gab's nichts zu sühnen.
Da war viel übertrieben.
Es war ja alles menschlich und erklärbar.

Nazis
sind im Film und auf Bühnen
manchmal ganz schlechte Menschen,
doch oft auch gänzlich ehrbar.

Und in dieser Denkfaulheit
lebt die Brut, die gut gedeiht.
Jedes Hirn wird so verwirrt,
bis es wieder gern explodiert.
Und ein deutscher Regisseur
meint: »Nur keine Gegenwehr!
Laßt die Sache ruhig erblüh'n.
Denn dann gibt es neue Revuen!«

Ich will kein Anarchist sein (1977)

Ich würde nie die Waffe heben.
Besser im Bleidunst zu ersticken
als dem Ersticker den Hals zudrücken.
Ich habe zuviel Respekt vor Leben.
Schön ruhig bleiben!
Man soll die Produzierer hegen.
Sie sollen doch die Chance haben,
uns unter Plunder zu begraben.
Ich würde nie ein Feuer legen.
Bleib ruhig!

Ich will kein Anarchist sein.
Man könnte zu leicht zum Mörder werden.
Fast so leicht wie als Autofahrer,
fast so leicht wie als Pharmazeut.
Ich will kein Anarchist sein.
Es gibt schon viel zuviel Mord auf Erden,
und Tod ist Konsumverweigerung,
warnt uns der Umsatztherapeut.

Bieten Politiker
auch nichts als Gestammel,
ohne Perspektive,
ohne Theorie.
Ich bleibe vorsichtshalber
doch nur ihr Hammel,
denn außer der Herde
erschlüge ich sie.

Ich will kein Anarchist sein.
Ein Mörder ist da nicht vonnöten.
Wenn andre schon durch Blödheit töten,
kann ich nur mehr schrei'n.

Der Schlag soll doch den Osten treffen.
Die brauchen doch Kapitalismus
als Ausrede des Kommunismus,
den ganzen Wahnsinn nachzuäffen.
Schön ruhig bleiben!
Ich rahme mir die schwarzen Listen
dieser verteufelten Bagage
nur zur sterilen Vernissage
eines Anarchogaleristen.
Bleib ruhig!

Ich will kein Anarchist sein.
Man könnte zu leicht als Mörder gelten.
Fast so leicht wie als Waffenhändler,
fast so leicht wie als Offizier.
Ich will kein Anarchist sein.
Mord in der humansten aller Welten
ist nicht die Pflicht des kleinen Kläffers,
dafür gibt's doch das hohe Tier.

Nur manchmal spüre ich,
wie ich mich verhetze.
Wohin mit dem Hassen?
Wohin mit der Wut?
Ich will gesetzestreu sein,
doch sind Gesetze,
die *die* walten lassen,
eben nicht gut.

Ich will kein Anarchist sein.
Ein Mörder ist da nicht vonnöten.
Wenn andre mich durch Blödheit töten,
kann ich nur mehr schrei'n.

Anm.: Dem Autor wurde vorgeworfen, daß er leichtfertig Anarchist und Terrorist gleichsetze. Er erwiderte, er definiere den Terroristen als Anarchisten im Kriegszustand.

Für Dieter Hildebrandt

Im nächsten Jahr ist der nächste Geburtstag (1974)

Im nächsten Jahr ist der nächste Geburtstag.
Dann ist's mit dem Ju von dem Juso vorbei.
Im nächsten Jahr ist der nächste Geburtstag,
und dann wird mein Platz rechtsaußen wieder frei.
Als Linksaußen bei den Asos bin ich neu.

Was waren wir für wunderbare Bengels!
Wir sahen nichts wie rot, wo noch kein Rot war.
Die Zukunft hieß ganz einfach Marx und Engels,
und nichts in uns, was zweifelte, was tot war.

Wir stiegen ins politische Getümmel
und waren nie und niemals zu verführen.
Wir bissen uns in die korrupten Lümmel
und glaubten, Ehrlichkeit kann nie verlieren.

Im nächsten Jahr ist der nächste Geburtstag.
Dann ist's mit dem Ju von dem Juso vorbei.
Im nächsten Jahr ist der nächste Geburtstag,
und dann wird mein Platz rechtsaußen wieder frei.
Als Linksaußen bei den Asos bin ich neu.

Und eines Tages standen wir vor Wahlen.
Da sagten Asos: »Freunde, eine Bitte!
Wir wollen doch nicht auf die Schnauze fallen!
Daher vergrault uns bitte nicht die Mitte!

Am klügsten wär' es, vor der Wahl zu schweigen
oder – zum Schein nur – allem abzuschwören.
Ihr könnt es uns ja nach den Wahlen zeigen
und uns dann zwischendurch beim Herrschen stören!«

Im nächsten Jahr ist der nächste Geburtstag.
Dann ist's mit dem Ju von dem Juso vorbei.
Im nächsten Jahr ist der nächste Geburtstag,
und dann wird mein Platz rechtsaußen wieder frei.
Als Linksaußen bei den Asos bin ich neu.

Natürlich kann man das, was war, glossieren,
da die Bilanz ja wahrlich kein Triumph ist,
und wir mit unsren modischen Manieren
auf standfest machen, wo der schönste Sumpf ist.

Wir suchen etwas, um uns festzuhalten,
und greifen manchmal schon zum Klassenfeind,
denn dort ist wirklich alles noch beim alten,
denn wer dort jung war, hat's nicht so gemeint.

Im nächsten Jahr ist der nächste Geburtstag.
Dann ist's mit dem Ju von dem Juso vorbei.
Im nächsten Jahr ist der nächste Geburtstag,
und dann wird mein Platz rechtsaußen wieder frei.
Als Linksaußen bei den Asos bin ich neu.

/. . . Und wissen Sie, wovor ich im nächsten Jahr
am meisten Angst habe? Vor den Jusos!/*

* Die Texte zwischen zwei Schrägstrichen werden über Musik gesprochen

Wer ist denn die Partei?

Ein prominenter Wahlwerber kommt ins Grübeln

Wer ist denn die Partei,
für die ich immer werbe,
für die im Wahlkampf ich agitier'?
Wer ist denn die Partei,
die ich einmal vererbe,
und Enkel wissen: ich war dafür!?
Kaum fang' ich Arbeit an,
schon reißt man mich heraus.
Ich rase aus dem Haus
und springe auf die Bahn
und kenn' mich ehrenamtlich nicht ganz aus.

Und dann die Reden,
die Städte, Hotels!
Ja, geht denn die Tagung nie mehr vorbei?
Was sagt der Mann da?
Ist der Sozialist?
Fuhr ich aus Irrtum
zur andren Partei?

Wann hat sich die Partei
nur so total verschlissen?
Wann wird Moral Wahltechnokratie?
Diesmal noch, sagt mein Gewissen,
fahr und mach den Narr'n!
Nur das Parteigewissen
fehlt mir irgendwie.

Es leidet mein Beruf
durch jeden Gratisauftritt.
Doch geht und geht und geht Telefon.
Der Ruf, den man sich schuf,
weil man auf Gegner drauftritt,
der wird für die Partei Okkasion.
Die Jungen sagen »du«,
ich werde integriert.
Die Bosse dulden mich,
der Name interessiert,
denn auf Plakaten, meint man, nütze ich.

Marxismus hieß doch
Realpolitik,
mit einer Moralphilosophie.
Ein Christentum,
politisch gesehen,
nur ohne Nachlebensgarantie.

Gewonnen hab' ich wohl
noch niemals eine Stimme.
Ich bin nur beim Gewinnen dabei.
Wer ist das, wofür ich werbe?
Was ist das, was ich vererbe?
Wer ist, frag' ich manchmal, die Partei?
Wer ist, frag' ich manchmal, die Partei?

Lied vom System

Als ich siebzig fragte,
was denn nun wird?,
wußte einer immer,
was bald passiert.
Und der sagte:
»Wir verenden konsequent,
das liegt am System,
das ist dem so immanent
als Systemproblem!«
Und ich flehte:
»Sagt mir doch auch,
weil Ihr es kennt,
nennt mir bitte endlich das System,
wo der Laden rennt!«

Ui, wie ich da out war.
Ich kam halt nicht mit.
Ja, daß da einer laut war,
mit Theoriedefizit!
(So der Terminus.)
Und es blieb der kluge Freund
vor mir schmerzlich stumm.
Und ich wußte damals schon:
ich sterb' leider dumm.
Weil ich wie irr
differenzier',
drum komm' ich in jeglichem System
ohne Zuspruch um.

Gegen ein System sein
war mir kein System.
Ich wollte zwar extrem sein –
nämlich unangenehm –
dem System.
Nur fragte ich halt, wo und wie
jeder Mensch so wird,
daß sich eine Utopie
systematisiert.
Ich fragte:
Wie, ich frag': wie,
wie, ich frag' Sie,
wie verändert man die Spezies Mensch,
daß aus ihr was wird?
Ich fürchte:
Es liegt an dem,
daß kein System
diese Spezies Mensch so ändern kann,
daß aus ihr was wird.
Ich schwöre:
Es liegt an dem,
daß kein System
diese Spezies Mensch so ändern kann,
daß es funktioniert.

Abschied von einem Freund

Bitte, schenk Dir nach!
Magst Du ein Stück Zwiebeltorte?
Alles heiße Luft:
Du und Deine großen Worte!
Lügen mit Geschmack,
Weltanschauung aus Parfum und Lack.

Trink mit mir den Wein,
aber laß die letzte Pose!
Bitte, halt den Mund,
zwing den Bauch nur in die Hose!
Räum dann irgendwann zusammen
diesen Rest aus den Programmen –
Trink langsam aus und geh!

Komisch sieht das aus,
was an Dir einst linker Chic war.
Gott, warst Du ein Typ,
als Dein Kopf noch nicht so dick war.
Spar den Kommentar!
Alles, was Du jemals warst, das war.

War ich damals nicht
für Dich nur ein »Liberaler«?
Ich bin's immer noch.
Aber längst ein Radikaler.
Dabei bin ich ich geblieben.
Wen hat's da so abgetrieben?
Trink langsam aus und geh!

Hab' ich nicht gesagt:
irgendwann machst Du Karriere?
Mach sie grade Du,
nur verlier nie Deine Ehre!
Sei ein Diplomat,
aber übe nie Verrat!

Du hast nur gehöhnt:
Kompromisse machst Du keine!
Und dann fielst Du um,
wurdest Partner dieser Schweine.
Bis zum Hals steckst Du in Scheiße! –
Schmeckt doch wunderbar, der Weiße!?
Trink langsam aus und geh!

Neue Produkte

Im Traum erschien mir ein Mandatar.
Politisch ein großes Kaliber.
»Wir haben« – so sagte er – »unsern Zenit
überschritten. Wir sind deutlich drüber.

Ich fürchte um meinen Arbeitsplatz.
Ich darf theoretisch ergänzen:
Es stößt das – jaja! – das politische Wachstum
– zu meiner Besorgnis – an Grenzen.

In Zeiten wie diesen
sind wir eine Krisen-
branche. Was nun?
Herr Schneyder, was tun?«

Ich sagte: »Verzagen, das sollten Sie nie.
So lernen Sie doch aus der Ökonomie!

Sie brauchen neue Produkte.
Warte nur, balde«
– ich sah, wie er schluckte –
»lieg'n Sie auf Halde.«
Ich sah, wie er zuckte.
»Sie brauchen neue Produkte!«

Er sagte: »Es gibt noch 'nen anderen Weg,
›Job sharing‹ hört' ich ihn nennen!«
Ich sagte: »Das macht doch das Parlament,
seitdem wir Politiker kennen.

Und – zum Beispiel – Europa: die Scheinpositionen.
Und nirgends Computer auf Hinterbänken.
Sie sind – für die eigene Zunft – progressiv.
Warum nichts auf Wirtschaft umdenken?«

»In Zeiten wie diesen
hab' ich eine Riesen-
angst um den Job!«
Er weinte darob.

Ich sagte: »Verzagen, das sollten Sie nie.
So lernen Sie doch aus der Ökonomie!

Sie brauchen neue Produkte!
Nicht immer das Alte,
Gesagte, Gedruckte,
Gelog'ne, Geprahlte
fürs Volk, fürs geduckte.
Sie brauchen neue Produkte!«

Er guckte.

Von Politik ein andermal

»Dieses Jahrzehnt
wird alles entscheiden,
dieses Jahrzehnt!«
»In diesem Jahrzehnt
den Krieg noch vermeiden,
in diesem Jahrzehnt!«
»Dieses Jahrzehnt,
das bringt die Wende,
dieses Jahrzehnt!«
»Dieses Jahrzehnt
wird unser Ende!« –
Wer hat da gegähnt?
Wer hat da gegähnt?

Ich kann sie nicht mehr hören,
sie machen so auf panisch,
statt sich selbst die Schuld zu geben.
Ich kann sie nicht mehr hören,
sie zerquatschen so mechanisch
unser und auch ihr Leben.

Der Pragmatismus der Parteien,
die grauenhafte Unmoral,
die sind mir derartig zum Speien!
Daher mein Freund:
von Politik,
von Politik,
von Politik,
da reden wir ein andermal.
Die Perspektive der Parteien,
nur Schielen bis zur nächsten Wahl,
nur Mogeln in den eignen Reihen!
Daher mein Freund:
von Politik,
von Politik,
von Politik,
da reden wir ein andermal.

»In diesem Jahrzehnt
den Frieden erreichen,
in diesem Jahrzehnt!«
»In diesem Jahrzehnt,
da stellt man die Weichen,
in diesem Jahrzehnt!«
»Das ist das Jahrzehnt
der Konfrontationen!« –
So wird jetzt »betont«.
Wir sind es gewohnt.
Doch diesen Ton
jetzt ein ganzes Jahrzehnt?!?
Noch ein ganzes Jahrzehnt?!?

Ich kann sie nicht mehr hören,
denn während dieser Reden
formier'n sich schon die Rechten.
Sie sind schon durchzuhören.
Doch wir sind ja die Blöden,
die davor warnen möchten.

Ich bin schön langsam für Verweigern,
denn die Programme schmecken schal.
Die Phrase läßt sich nicht mehr steigern!
Daher mein Freund:
von Politik,
von Politik,
von Politik,
da reden wir ein andermal.
Gefährlich, wenn man sich so raushält,
das Abseitssteh'n ist auch letal,
nur fraglich, ob man's drinnen aushält.
Daher mein Freund:
von Politik,
von Politik,
von Politik,
da reden wir ein andermal.

Lied vom Sachzwang

Die Dichter, die Denker – das wissen wir jetzt –,
die haben den Menschen total überschätzt.
Er hat nämlich nie eignen Willen besessen,
der Raum für Entscheidung war immer bemessen.
Es ist nicht Natur und nicht Gott und nicht Fatum,
es ist nicht Bestimmung, nicht Sternbild, nicht Datum,
es sind – und da gibt's bitte gar nichts zu lachen! –
es sind – schlicht und einfach –, es sind nur die Sachen.

Der Sachzwang ist schuld,
nur der Sachzwang ist schuld,
der Sachzwang, der Sachzwang ist schuld.
Was immer wir machen,
uns zwingen die Sachen,
der Sachzwang, der Sachzwang, der Sachzwang ist schuld.

Der Dreck ist 'ne Sache, die zwingt uns am meisten,
es muß ja die Dreckarbeit auch jemand leisten.
Drum muß man aus Zwang sich die Arbeiter werben,
die Türken, Kroaten, Afghanen und Serben.
Nun muß man aus Sachzwang die Leute entlohnen,
sie müssen – ein Sachzwang – auch irgendwo wohnen.
Man muß ihnen Sachen aus Zwang überlassen.
Draus folgert der Sachzwang, die Fremden zu hassen.

Der Sachzwang ist schuld,
nur der Sachzwang ist schuld,
der Sachzwang, der Sachzwang ist schuld.
Ja, was soll denn gelingen,
wenn die Sachen uns zwingen?
Der Sachzwang, der Sachzwang, der Sachzwang ist schuld.

Wir müssen aus Sachzwang – da hilft uns kein Weigern –,
aus Zwang diese Sache, die Rüstung heißt, steigern.
Drum muß man die Sache aus Zwang finanzieren,
da hilft nur eins: Waffen aus Zwang exportieren.
Zwar steckt ein gefährlicher Zwang in den Sachen,
der Zwang, daß die Sachen von Zeit zu Zeit krachen.
Und wenn sie die Erde aus Sachzwängen sprengen,
die Sache verlangt es mit furchtbaren Zwängen.

Der Sachzwang ist schuld,
nur der Sachzwang ist schuld,
der Sachzwang, der Sachzwang ist schuld.
Die Sache ist zwanghaft,
und der Zwang, der ist krankhaft,
der Sachzwang, der Sachzwang, der Sachzwang ist schuld.

Wie arm sind die Menschen in den Parlamenten,
so reich an Idealen, Ideen und Talenten.
Und doch! Viele Maßnahmen bergen Entsetzen.
Sie kennen den Sachzwang mit den Arbeitsplätzen.
Mehr Autos, mehr Straßen, da gibt's kein Entflieh'n!
Ein Sachzwang zum Sachzwang für mehr Energien.
Was herrscht, ist politische Sachstrategie,
was bleibt, ist die Farce einer Demokratie.

Der Sachzwang ist schuld,
nur der Sachzwang ist schuld,
der Sachzwang, der Sachzwang ist schuld.
Diese furchtbare Enge
der sachlichen Zwänge! –
Der Sachzwang, der Sachzwang, der Sachzwang ist schuld.

LIEBER GOTT, MACH MICH BITTE ZUM EXPERTEN

TEXT: W. SCHNEYDER

MUSIK: R. [illegible]

Lieber Gott, mach mich bitte zum Experten!

Ich habe studiert.
Ich habe Moral.
Auch mein IQ
ist mehr als normal.

Ich bin sehr belesen,
bin technisch versiert,
politisch gebildet,
an Kunst interessiert.

In Ökonomie
hab' ich sehr viel gemacht,
der Ökologie
aber immer gedacht.

Ich bin auch dynamisch.
Ich zeige auch Härte.
Doch bin ich gescheitert.
Ich bin kein Experte.

Lieber Gott, mach mich bitte zum Experten!,
als Bürger, als normaler, komm' ich um.
Mach mich erleuchtet!
Ich hab ja gebeichtet,
daß ich all ihr segensreiches Wirken nicht versteh'.

Lieber Gott, mach mich bitte zum Experten!,
als Mensch, als nicht Erwählter, sterb' ich dumm.
Schenk mir die Gnade
und weis mir die Pfade,
die ich als Experte bis zum bittern Ende geh'.

Sie wissen Prognosen.
Sie haben die Zahlen.
Sie haben den Sachzwang,
den Mut zum Realen.

Sie haben Gesinnung
schon lang überwunden.
Sie haben aus Krisen
den Ausweg gefunden.

Und führte der Ausweg
in ärgere Krisen,
dann hatten sie dafür
sofort Expertisen.

Ins vierte Jahrtausend
planten sie Daten.
Den Irrtum erklär'n sie
nun in Referaten.

Lieber Gott, mach mich bitte zum Experten!,
erhöh' mich vor dem aufsässigen Mob.
Bestrafe die Grünen
und lasse sie sühnen,
daß sie sich als Laien gegen unsren Willen wehr'n.

Lieber Gott, mach mich bitte zum Experten!,
dann tue ich auf Erden Deinen Job.
Mein Wille geschehe,
wenn ich erst verstehe,
was die Auserwählten von dem blöden Volk begehr'n.

Sie wissen alles
über die Schwulen,
über die Straßen,
über die Schulen.

Sie wissen alles
über die Kranken,
über die Bahnen,
über die Banken.

Wer widerspricht,
ist fehlinformiert,
vorsätzlich blöd,
schrecklich borniert.

Wer widerspricht,
ist Kommunist,
Verfassungsfeind,
ein schlechter Christ.

Lieber Gott, mach mich bitte zum Experten!,
dann werde ich auch sicher hoch bezahlt.
Ich wär' nicht mehr klagbar,
ich wäre befragbar
über Wert und Wachstum von Raketen, Gift und Schrott.

Lieber Gott, mach mich bitte zum Experten!,
dann werde ich von Deinem Geist bestrahlt.
Belehr mich Proleten.
So lasset uns beten:
Schenk mir ein Expertentum. Denn dann bin ich endlich Gott.

Wie geht die Lebensqualität?

Wie geht die Lebensqualität?
Wer mißt, was Lebensstandard ist?
Wer verkauft uns Sündern Ablaß?
Was macht uns zu Kindern des Lichts?
Bis dahin fressen wir Abgas,
und die anderen fressen halt nichts.
Bis dahin fressen wir Abgas,
und die anderen fressen halt nichts.

Wir müssen für die Chemie sein.
Das hat ökonomisch viel Sinn.
Doch muß auch die Ökologie sein.
Wo käm' unsre Welt schließlich hin?!
Wer unser Wachstum mitsteigert,
der endet sehr rasch im Infarkt.
Doch wer sich dem Wachstum verweigert,
der fliegt gnadenlos aus dem Markt.

Es galten uns Wachstumsraten
als einziger Ausblick zum Glück.
Doch blieb dieses Glück hinter Daten
statistisch beträchtlich zurück.
Wir hätten es doch wissen müssen.
Denn irgendeinmal ist ja Schluß.
Ja, ungestraft macht man aus Flüssen
nicht lang einen Überfluß.

Wie geht die Lebensqualität?
Wer mißt, was Lebensstandard ist?
Wer verkauft uns Sündern Ablaß?
Wer macht uns zu Kindern des Lichts?
Bis dahin fressen wir Abgas,
und die anderen fressen halt nichts.
Bis dahin fressen wir Abgas,
und die anderen fressen halt nichts.

Lied von den Banken

Eine Bank machte Pleite.
Bald darauf eine zweite.
Und das hat mich doch leicht enerviert.
Mein Bankier sagte:
»Hör'n Sie,
solche Meldungen stör'n Sie?
Sie wissen doch, daß nichts passiert.
Das war nur eine Ausnahm',
weil da wer zuviel rausnahm,
und die Fachwelt ist ganz konsterniert.
Aber richtige Banken
kommen niemals ins Wanken.
Nein, Ihr Geld ist sehr gut observiert.«

Sicher –
Geld ist immer sicher.
Bleibt nur die Frage:
sicher für wen?
Sicher –
Geld ist immer sicher.
Bleibt nur die Frage:
für wen?

Doch dann kam es beizeiten
noch zu weiteren Pleiten.
Und die Fachwelt war sehr irritiert.
Mein Bankier sagte:
»Ehrlich,
es ist ganz unerklärlich!
Eine Schande, daß sowas passiert!
Denn die Bank ist im Grunde
in dem Staat das Gesunde,
alles andre ist dagegen krank.
Und ich sag': Schaut ein Bankhaus
einmal wirtschaftlich krank aus,
nein, dann ist das keine wahre Bank.«

Sicher –
Geld ist immer sicher.
Bleibt nur die Frage:
sicher für wen?
Sicher –
Geld ist immer sicher.
Bleibt nur die Frage:
für wen?

Aber dann kam ein Krachen,
da war nichts mehr zu machen.
Dieser Krach hieß: totaler Ruin.
Mein Bankier sagte:
»Schau'n Sie,
ich sag' Ihnen: Vertrau'n Sie
nur auf mich, bis ich wieder wer bin.
Nicht die Nerven verlieren,
das System kritisieren!
Unsre Wirtschaft, die hat sich bewährt.
Bitte, nur keine Neuheit!
Auch Verarmen ist Freiheit!
Denn mein Vater hat mich schon gelehrt:

Sicher –
Geld ist immer sicher.
Bleibt nur die Frage:
sicher für wen?
Sicher –
Geld ist immer sicher.
Bleibt nur die Frage:
für wen?«

Lied vom Konsumzwang (1979)

Ein Wirtschaftspolizist nimmt eine bedrohliche Haltung an

Stehen Sie gefälligst stramm
vor dem Großversandprogramm
aus dem Hause »Schnick & Schnack«!
Hände an die Hosennaht,
Schlappschwanz von Konsumsoldat!
Aufräumen mit diesem Pack!
Die Verdauungsinspektion
liefert uns die Täter schon.
Hier wird strengstens kontrolliert.
Wer nicht nach Verordnung kauft,
frißt und scheißt und kotzt und sauft –
wird umgehend arretiert.

KZ
für den, der den Einkauf verweigert,
KZ
für den, der den Umsatz nicht steigert,
KZ – Konsumzwang!
KZ
für den, der kein Auto bewilligt,
KZ
für die, die den Zubau nicht billigt,
KZ – Konsumzwang!

Die neue Rechte,
das ist die Werbe-SS.
Wir grüßen nur mehr mit:
»Heil Masse!«
Die neuen Maße,
das sind die Sterbe-PS.
Es gilt das Kommando:
»Verprasse!«

ZK
muß der, der sich etwas beschränkt hat,
ZK
muß der, der sich Stillstand geschenkt hat,
ZK – Zur Kasse!

KZ
für die, die mit Treibstoffen sparen,
KZ
für die, die nicht pausenlos fahren,
KZ – Konsumzwang!
KZ
für die mit der Angst vor Hormonen,
KZ
für die, die sich kostenlos schonen,
KZ – Konsumzwang!

Die neue Rechte,
das ist die Zahlen-SS.
Wir lieben nur mehr das,
was Plus macht.
Die neue Rechte,
das ist die Strahlen-SS.
Wir bauen nur mehr das,
was Schluß macht.

ZK
mit uns, der Natur, den Gestirnen,
ZK
mit uns, denn es pocht in den Hirnen.
Zur Kasse!
Zur Masse!
Für jegliche Klasse
KZ – Konsumzwang!

Kein Hälmlein wächst auf Erden

Kein Hälmlein wächst auf Erden,
der Himmel hat's bethaut
und kann kein Blümlein werden,
die Sonne hat's erschaut.

Wenn du auch tief beklommen
in Waldesnacht allein:
Einst wird von Gott dir kommen
dein Thau und Sonnenschein!

Dann sproßt, was dir indessen
als Keim im Herzen lag,
so ist kein Ding vergessen,
ihm kommt ein Blüthentag.

Dieses Lied findet sich im »Liederbuch der Anna Magdalena Bach« (geboren 1701, gestorben 1760). Schade, daß sich diese Zeile »Kein Hälmlein wächst auf Erden« heute nur mehr als Drohung begreifen läßt.

Kein Hälmlein wächst auf Erden,
es düngt kein echter Mist.
Wozu auch, wenn den Herden
das Wachstum sicher ist.

Kein Kalb muß jemals leiden,
es kriegt sein Östrogen.
Es hat die alten Weiden
sein Lebtag nie geseh'n.

Da gibt's kein Glockenläuten.
Auch Regen gibt es nicht.
Es wachen Pharmazeuten
über das Schlachtgewicht.

Kein Hälmlein wächst auf Erden,
wenn's nach der Rüstung geht.
's wird alles Friedhof werden,
wo jetzt noch etwas steht.

Wenn sie uns die Raketen
im Lande stationier'n,
dann hilft wohl nur mehr beten,
daß sie nicht explodier'n.

Man wirft die teuren Waffen
nur selten einfach weg.
Sie wurden doch erschaffen
zu einem großen Zweck.

Kein Hälmlein wächst auf Erden,
wo man die Welt versaut.
Das Leben kann nichts werden,
wo man es zugebaut.

Da wird nicht mehr gesungen.
Die Luft ist alsobald
zu schädlich für die Lungen.
Und leise stirbt der Wald.

Es trauern Ökologen
der toten Zukunft nach.
Sie haben uns getrogen:
die Lieder der Frau Bach.

Blick aus dem Fenster

Ein Blick aus dem Fenster.
Es ist ein Abschiedsblick.
Im nächsten Jahr schon
war das eine Allee.
Das wird die Unterführung
unter der Schnellbahntrasse.
Das wird der dunkle Weg,
den ich nie geh.

Die Grünen Lungen
sind lang schon Eiserne.
Wohin wir sehen:
nichts wie Schall und Rauch.
Wir betonieren uns
unser Leben zu
und züchten Krebse
gleich im eigenen Bauch.
Aber –

Die Welt wird erst schön durch die Umwelt.
Allein wär die Welt keine Welt.
Das Feld wird erst schön durch das Umfeld.
Mit dem UM ist es prächtig bestellt.
Die Welt wird erst schön durch die Umwelt.
Das UM ist das Um und das Auf.
Und wenn diese Umwelt uns umfällt,
dann geht diese Welt nämlich drauf.
Dann geht diese Welt nämlich drauf.
Dann geht diese Welt nämlich drauf.

Blick aus dem Fenster

Es gibt so vieles,
was der Natur schadet,
was aber sein muß,
weil's dem Menschen nützt.
Womit bewiesen ist,
daß der Mensch nicht Natur ist.
Ja, gibt's denn wirklich nichts,
was uns davor schützt?

Den Weg allen Fleisches
hätten wir gehen sollen,
den Weg allen Mülls
geh'n wir aber nur.
Mit jedem Wachsen
wachsen die Schatten.
Und die Unnatur
wird zur zweiten Natur.
Nur –

Die Welt wird erst schön durch die Umwelt.
Allein wär' die Welt keine Welt.
Das Feld wird erst schön durch das Umfeld.
Mit dem UM ist es prächtig bestellt.
Die Welt wird erst schön durch die Umwelt.
Das UM ist das Um und das Auf.
Und wenn diese Umwelt uns umfällt,
dann geht diese Welt nämlich drauf.
Dann geht diese Welt nämlich drauf.
Dann geht diese Welt nämlich drauf.
Dann geht diese Welt nämlich drauf.
Dann geht diese Welt endlich drauf.

Lied vom Profit

Lied vom Profit

Ich habe zu belehren versucht.
Ich habe zu bekehren versucht.
Sie hörten mir immer zu.
Ich habe zu beklagen versucht.
Ich hab' zu »hinterfragen« versucht.
Sie hörten mir immer zu.

Doch irgendwann sagten Sie – ohne zu lachen –,
Sie fänden ganz nett, was ich meine,
nur hätten Sie keinerlei Chance, es zu machen.
Drum sage ich nur mehr das eine, das eine –

Solang der Profit Euer einziger Gott ist,
erübrigt sich jedes Gespräch.
Solang der Profit nur der Weg zum Bankrott ist,
erübrigt sich jedes Gespräch.
Da geht's nicht um fachlich.
Da geht's nicht um sachlich.
Da geht's nur mehr um Religion.
Und solang der Profit Euer einziger Gott ist,
erübrigt sich die Diskussion.

P.S.
Ich habe nichts gegen Gewinn.
Nur: bis wohin?
Nur: bis wohin?

Ich hab' zu parodieren versucht.
Ich habe zu zitieren versucht.
Sie hörten mir immer zu.
Ich habe zu belegen versucht.
Ich habe zu erregen versucht.
Sie hörten mir immer zu.

Doch irgendwann sagten Sie: Alles sehr achtbar!
Ich läg' im Prinzip nicht daneben,
nur wäre das »derzeit« halt alles »nicht machbar«.
Drum sage ich nur mehr: Na eben, na eben –

Solang der Profit Euer einziger Gott ist,
erübrigt sich jedes Gespräch.
Solange die Wirtschaft der Reichen Komplott ist,
erübrigt sich jedes Gespräch.
Da geht's nicht um Krisen,
um Zins, um Devisen,
da geht's um das 7. Gebot.
Und solang der Profit Euer einziger Gott ist,
bin ich nicht mehr Euer Idiot.

P.S.
Ich habe nichts gegen Gewinn.
Nur: bis wohin?
Nur: bis wohin?

Gesellschaft
&
Alltag

Sind Sie sexuell befreit?
Antizyklisch disponierend?
Sind Sie zu jeder Tageszeit
tendenzbewußt kommunizierend?

Für Sammy Drechsel

Das Kabarett ist tot (1974)

Zwei Kabarettisten tauschen ihre Meinung aus

»Ja, ich empfinde mich ganz ehrlich
anachronistisch
und lebe weder sehr gefährlich
noch anarchistisch.« –
»Ich glaub, daß Existenz von Schweinen
total global ist,
und bin so gestrig, öffentlich zu weinen,
weil das fatal ist.« –

Das Kabarett ist tot.
Es gibt ja schon kein Land mehr,
wo es nicht stirbt.
Das Kabarett ist tot.
Es gibt auch keinen Brandt* mehr,
für den man wirbt.
Das Kabarett ist tot.
Es gibt doch keine Pointe mehr,
die man noch braucht.
Das Kabarett ist tot.
Man nimmt sich einen Joint her,
falls der Kopf raucht.

Das Kabarett ist tot.
Denn so ein echter Mut
ist nicht kommerziell.
Das Kabarett ist tot,
und eine echte Wut
beerdigt es schnell.
Das Kabarett ist tot.
Auch jeder Witz im Wort
gilt als elitär.
Das Kabarett ist tot.
So manchen kleinen Mord
genossen sie mehr.

Natürlich sind wir Clowns und Narren
der satten Bürger.
Wir schlagen niemals ernst, wir sparren
und mimen Würger.
Und gegen jede harte Linke
sind wir fast schutzlos,
denn unsre Rechte putzt die linke Klinke
weitgehend nutzlos.

»Das Kabarett ist tot.«
»Machen wir also auch noch
in Nostalgie?«
»Das Kabarett ist tot.«
»Es könnte nur sein, es braucht noch
die Autopsie.«
»Das Kabarett ist tot.«
»Erklären Sie mir bitte,
was wir hier tun?«
»Das Kabarett ist tot,
vor allem links der Mitte
lassen wir's ruh'n.

Das Kabarett ist tot.«
»Und sagen Sie, Herr Kollege,
wenn man's nicht glaubt?«
»Das Kabarett ist tot.«
»Man geht doch alte Wege
auch dann, wenn's staubt.«
Das Kabarett ist tot,
denn alles, was sich ausstellt,
hat das zu sein.
Das Kabarett ist tot.
Und wenn sich nun herausstellt:
doch nur zum Schein?

* Am Tag der Premiere des Programmes TALK TÄGLICH trat Willy Brandt als Bundeskanzler zurück.

Abends im Salon

Und abends im Salon
debattier'n sie um Normen
und klären wie im Spiel,
wie es um diese Welt steht.
Und abends im Salon
tönt der Ruf nach Reformen,
jedoch mit Maß und Ziel,
weil's ja doch auch ums Geld geht.

Sehr wichtig sind auch pädagogische Probleme.
Da haben sich Erkenntnisse nicht recht bewährt.
Gefährlich sind besonders jegliche Extreme,
doch was extrem ist, ist so furchtbar ungeklärt.

Und abends im Salon
hört man herrliche Stimmen,
weil man das Heute mißt
an gesammelten Platten.
Und abends im Salon
spricht der eine vom Trimmen
und weil er soviel frißt,
gibt es große Debatten:

»Hat das Bistro heuer noch seine zwei Sterne?«
»Besser ißt man zur Zeit in der ›Taverne‹!«
»Stimmt es, daß die KG nicht mehr liquid ist?«
»Wußten Sie, daß seine Frau furchtbar frigid ist?«
»Wozu kriegt das Opernhaus so viel Subventionen?«
»Es ist ein wahrer Traum, wie Sie da wohnen!«
»Die Ehe von Liz und Kay geht vor die Hunde.«
»Jetzt speck' ich wieder ab – sechs bis acht Pfunde!«

Und abends im Salon
will man wieder sportiv sein.
»Es geht schon, wenn man will!
Ja, wir sind doch die alten!«
Und abends im Salon
bringt man sprachlich das Tor rein,
das damals doch nicht fiel.
Hat der Tormann gehalten?

Man war doch schließlich einmal beinah' Jugendmeister.
Man hätte doch, man wäre doch, man war doch fast –
Beim dritten Achtel lügt man schon ein wenig dreister,
und plötzlich war ein Champion fast jeder Gast!

Und abends im Salon
wird man oft überfallen
von wirklichen Ideen
und von seinem Gewissen.
Und abends im Salon
ist's die Chance von allen,
dann ziemlich rasch zu geh'n.
»Kinder, wirklich, wir müssen –«

/»Es war so zauberhaft bei Euch!
Ihr habt vollkommen recht, wir müssen
uns öfter sehen. In spätestens vierzehn Tagen
rufen wir uns an! –«
Gott, war mir fad!/

Wie abgerissen

Zwei Gescheiterte sitzen auf einer Parkbank

Da hat man den Eltern getraut,
dem Vorbild, den Lehren.
Da hat man auf Sprüche gebaut
und wollte sie ehren.
Aber auf einmal
fand man alles schlicht und einfach beschissen.
Und von dem Tag an war's
wie abgerissen.

Da hat man die Träume geträumt
von Blonden und Zarten.
Und keine Sekunde versäumt,
den Schatz zu erwarten.
Aber auf einmal
hat man sich dann auf 'ne Alte geschmissen.
Und von dem Tag an war's
wie abgerissen.

Dann hat man die Welt reformiert
ganz unkorrumpierbar.
Und hat mit Moral revoltiert,
die war unverlierbar.
Aber auf einmal
kam ein Posten und so andre Prämissen.
Und von dem Tag an war's
wie abgerissen.

Da stimmt am System was nicht,
was immer man anfaßt
und was man auch wem nachspricht,
wem immer sich anpaßt.
Denn auf einmal
war'n die geltenden Propheten verschlissen.
Und von dem Tag an war's
wie abgerissen.

So muß man sich dann zum Schluß
im Park deponieren.
Man atmet den eigenen Ruß
beim Ausdiskutieren.
Und man fragt sich
und man fragt sich und man möchte es wissen:
Wann und warum war es
wie abgerissen?

Krisenlied

Die Geburt – 'ne Katastrophe.
Der Säugling – geschockt von der Welt.
Aber sollt' sie ihm versehentlich gefallen,
wird sie ihm durch Pädagogik ganz vergällt.
Grauenhaft – die Pubertät kommt!
Für feinere Psychen letal.
Aber wenn's zur Suche nach Identität kommt,
so um zwanzig, wird das Leben nackte Qual.

Crisis, Krise oder Krisis –
immer wenn das Leben mies is',
Krisis, Krise oder Crisis –
was dann jeweils der Beweis is'
für die Crisiskrisiskrise –
denn die Krise ist Devise.

Nichts wie weg von der Familie,
Befreiung von dieser Tortur.
Und mit dreißig diese wirklich tiefe Krise,
plötzlich macht man im Establishment Figur.
Kurz darauf – die Ehekrise.
Dann Midlife- und Torschlußphobie.
Alle Werte sind entwertet oder fraglich,
Tod und Rente stehen förmlich vis-à-vis

Crisis, Krise oder Krisis –
immer wenn das Leben mies is',
Krisis, Krise oder Crisis –
was dann jeweils der Beweis is'
für die Crisiskrisiskrise –
denn die Krise ist Devise.

Neugebor'n, von vorn anfangen,
gefürchtet, geliebt und potent,
modisch, sportlich, musisch, clever und belesen,
finanziell relaxed, doch niemals insolvent!
Fünfzig bald! Was keinen Sinn hat,
bleibt sinnlos und quält immer mehr.
Jetzt bleibt nichts mehr, als total zu resignieren,
und der Krisenkreisel endet nimmermehr.

Crisis, Krise oder Krisis –
immer wenn das Leben mies is',
Krisis, Krise oder Crisis –
was dann jeweils der Beweis is'
für die Crisiskrisiskrise –
denn die Krise ist Devise.

Dann sind Sie mündig

Zwei Bürger unterziehen sich wechselseitig einer Kontrollprüfung

Sind Sie gezählt?
O ja!
Hab'n Sie immer richtig gewählt?
O ja!
Nie das Ziel der Klasse verfehlt?
A-a.
Dann sind Sie mündig!

Zweifeln Sie nie?
Nein, nie!
Fahren Sie den richtigen Ski?
Und wie!
Glauben Sie an Psi irgendwie?
Wie Sie!
Dann sind Sie mündig!

Tragen Sie Gurt?
Seit der Geburt.
Wie steht's mit Trimmen?
Haben Sie sich aufs Normgewicht gekurt?
Dann sind Sie schlank.
Zehn Pfund.
Haben sechs Prozent auf der Bank.
Na und?
Sind geimpft und deshalb nie krank.
Gesund.
Dann sind Sie mündig!

Sind Sie sexuell befreit?
Antizyklisch disponierend?
Sind Sie zu jeder Tageszeit
tendenzbewußt kommunizierend?
Stellen Sie sich den Problemen
bei den Tagesthemen?

Lieben Sie Staat?
O ja!
Haben Sie den Staat stets bejaht?
O ja!
Ihn geliebt, was immer er tat?
O ja!
Dann sind Sie mündig!

Spülen Sie weich?
Und klar!
Zahlen Sie Steuern freudig und gleich?
In bar!
Fühlen Sie sich ungerecht reich?
Sie Narr!
Dann sind Sie mündig!

Sind Sie gestreßt?
Hier mein Attest –
Ich bin fix und fertig!
Alles okay, ja, Sie bestehen den Test.
Wie wohl das tut.
Nur Mut!
Ihr Kontrollverfahren, das ruht.
Wie gut!
Aber bleiben Sie stets auf der Hut!
Ruhig Blut.
Denn Sie sind mündig!

Keine Fragen mehr

Zwei Herren im Trenchcoat überwachen einander

Ich kenne Sie ganz genau.
Denn das totale »know how«
ist, weil man Sie observiert,
garantiert.
Nichts gibt's mehr zu raten,
denn wir leben heut' im Jahre
Null der Daten.
Sie sind erfaßt,
auch wenn es Ihnen nicht paßt.
Man weiß schon wann?, wo? und wer?
Das freut mich sehr.
Denken ist jetzt nicht mehr schwer.
Man hat keine Fragen mehr.
Wie herrlich –

Die Geschichte ist durch den Computer ausradiert,
weil der nichts, was war, beklagt.
Der Computer reflektiert nicht, weil er akzeptiert,
er spricht nur, wenn man ihn fragt.
Der Computer ist verläßlich, weil er ja nie streikt,
er bekommt ganz sicher auch kein Kind.
Menschen sind nicht so ideal, wie sich zeigt,
weil sie egoistisch für den Fortschritt sind.
Es ist egal, was mir schwant,
es ist schon alles verplant.
Die Zukunft ist nur ein Loch
in der Kartei.
Und in allen Staaten
heißt es heute: alle Macht
den Technokraten.

Und Tag und Nacht
sind wir total überwacht,
damit ich dagegen
nicht aufbegehr'.
Endlich wird für uns gedacht.
Darum: keine Fragen mehr.
Wie nützlich –

Die Gewerkschaft kann Computer nicht organisier'n,
Jugendschutz wird nicht verlangt.
Der Computer kann sich ziemlich rasch amortisier'n,
weil er eben nie erkrankt.
Der Computer ist ein gänzlich sächliches Geschlecht,
er erfüllt präzise seinen Zweck.
Müßig alles Streiten, denn: Er hat recht.
Er enthält nach unserem Willen jeden Dreck.

(Zum Publikum –)

Wir kennen Sie ganz genau.
Denn das totale »know how«
ist, wenn man Sie parodiert,
vorgeführt.
Weil doch Ihre Taten
besser noch als Ihre Daten
Sie verraten.
Sie sind verplant
durch den Computerverstand
und trotten jedem Programm
nur hinterher.
Ohne jede Gegenwehr.
Darum: keine Fragen mehr?

Highland (1980)

Chor des Ensembles

Harte Drogen,
weiche Drogen,
Einstiegsdrogen,
Abstiegsdrogen,
grüne Drogen,
braune Drogen. –
Wo du hinsiehst: Ausgeflippte.
Fixer, Säufer,
Tripverkäufer,
Strauß-Anhänger,
Rattenfänger,
Luftvergifter,
Kriegsanstifter. –
Wo du hinsiehst: Umgekippte.

Highland. –
Wir sind das neue Highland.
Wir spannen den Bogen
von Droge zu Drogen,
denn »ohne«, da läuft ja nichts mehr.
Highland. –
Wir sind das neue Highland.
Wir müssen uns loben,
wir sind nur mehr »oben«,
wir törnen uns hin oder her.

Sekten, Penner,
Hintermänner,
Therapeuten,
Pharmazeuten,
Spätentdeckte,
Kloverreckte. –
Wo du hinsiehst: Abgewichste.
Hehler, Dealer,
Kernkraftspieler,
Schreier, Stöhner,
Suchtentwöhner,
Papst, Schiiten,
Transvestiten. –
Wo du hinsiehst: Umgefixte.

Highland. –
Wir sind das neue Highland.
Den goldenen Schuß macht
ein jeder, der Schluß macht
und fühlt sich im Sterben noch wohl.
Highland. –
Wir sind das neue Highland.
Ob's runter-, ob's raufgeht,
ein jeder, der »drauf«steht,
die Droge ist unser Symbol.

Mastgeschoppte,
Aufgedopte,
Supersportler,
Weltrekordler,
Impotente,
Untalente. –
Wo du hinsiehst: Halbentleibte.
Zinnsoldaten,
Technokraten,
Expandierer,
Betonierer,
Bildschirmkleber,
Kabelleger. –
Wo du hinsiehst: Halbbetäubte.

Highland. –
Wir sind das größte Highland.
Wenn alles ein Grau'n ist,
wenn alles ganz down ist,
dann macht uns der Schnee froh und frei.
Highland. –
Wir sind das größte Highland.
Wohin auch die Flucht geht,
wer so auf die Sucht steht,
wie diese Gesellschaft, ist high.

LIED VOM ALKOHOL

TEXT: WERNER SCHNEIDER

MUSIK: ROBERT OPRATKO

Lied vom Alkohol

Der Flirt läuft nur mit ein paar Drinks,
nur so bist du ganz locker.
Ins Bett fällst du dann schlechterdings
so leicht, wie grad' vom Hocker.
Und deinen Sonderwunsch im Bett,
den sagst du völlig offen,
war deine Partnerin so nett
und hat sich auch besoffen.

Braucht man die Kraft zur Aggression,
um alle auszuschalten:
fünf Harte!, und da ist sie schon
und nicht mehr aufzuhalten.
Dann ist man hemmungslos enthemmt
und steht nur vor der Frage,
wie man den Furor wieder dämmt
mit einer neuen Lage.

Kein Alkohol,
das hieße Energiekrise.
Wir wären nur mehr
ein zitterndes Wrack.
Kein Alkohol,
das wär' die Therapiekrise.
Sooo stünden wir da,
und ab wär' der Lack.

Was in unsrer Welt auch wird,
es ist alkoholisiert,
bis alles nur mehr Pose ist,
die kurz vor der Zirrhose ist.
Auch an Zellschwund leidet schon
lange unsre Hirnfunktion.
Und im Park singt leis der Wind,
wie sehr wir schon Rauschkind sind.

Kein Alkohol,
wir wären Stimulanzlose
und offenbar Substanzlose
und keinem zum Wohl.

Das ganze Innenleben säuft
und braucht getränkten Selbsthaß.
Wenn aus Verspannung nichts mehr läuft,
macht keiner mehr sich selbst Spaß.
Ist deine Liebesfähigkeit
dahin und nicht zu bessern,
dann wächst die Unzufriedenheit
und fordert, sie zu wässern.

Und Alkohol beim Staatsbankett,
bei Managerkongressen.
Und Alkohol im Ehebett,
vor, zum und nach dem Essen.
Und Alkohol beim Großprojekt
und bei Geschäftsabschlüssen.
Nichts, wo nicht ein Promill' drinsteckt,
man muß ihn haben müssen.

Kein Alkohol,
daß hieße Energiekrise.
Wir wären nur mehr
ein zitterndes Wrack.
Kein Alkohol,
das wär' die Therapiekrise.
Sooo stünden wir da,
und ab wär' der Lack.

Wer sonst nicht mehr schlafen kann,
säuft sich schwere Träume an.
Und die Hand, die morgens zuckt,
wird beruhigt, wenn man was schluckt.
Bis zur letzten Konsequenz
tönt das »Prost« in Permanenz.
Und im Park singt leis der Wind,
wie sehr wir schon Rauschkind sind.

Kein Alkohol,
wir wären Stimulanzlose
und offenbar Substanzlose
und keinem zum Wohl.

Ja zum Leben, Nein zum Töten (1974)

Ja zum Leben, Nein zum Töten!
Das hat Tradition.
Ja zum Leben, Nein zum Töten!
Für Gottes Lohn.
Unsere Gottesstellvertreter
geben kein Pardon,
kaum gibt's wieder neue Heere,
segnen sie schon.

/Wenn man sich da an die Wiederbewaffnungsdebatte erinnert, an den Atomsperrvertrag. Und die Befürworter der Todesstrafe kommen doch auch aus den Kreisen, die derzeit das Leben schützen. Oder?/

Ja zum Leben, Nein zum Töten!,
sagt die Handelswelt,
und sie wirbt mit sehr viel Nacktheit,
nur Umsatz zählt.
Wird deshalb ein armer Krüppel
bis zum Wahnsinn geil,
daß er eine Blinde schwängert,
bleibt das Kind heil!

/Ist ja auch ein zukünftiger Kunde, und wenn er nur Krücken kauft. Eine Kette von Vergewaltigungen. Erst die Mutter, dann der Konsument./

Ja zum Leben, Nein zum Töten!,
sagt die CDU.
In der Tempolimitfrage
gab sie's schon zu.
Leben soll der Fabrikant,
und sterben kannst ja du.
Fahrer und Motoren, die
ersetzt man im Nu.

/Sie haben sich endgültig aus dem Verstandesbereich hinausbeschleunigt. Und die Automobilclubs sind der Industrie ganz schön in den Auspuff gekrochen./

Ja zum Leben, Nein zum Töten!
Kennen wir ja schon
seit der Zeit von unserer
Inquisition.
Werden Kinder vorgeschädigt,
wir gebären sie.
Die Gesellschaft braucht Idioten
für die Hierarchie.

Anm.: Mit dem Plakat-Slogan »Ja zum Leben, Nein zum Töten« wehrte sich die katholische Kirche gegen die Liberalisierung der Schwangerschaftsunterbrechung. Wegen der Ausstrahlung dieses Liedes wurde das ZDF von der Deutschen Bischofskonferenz verklagt.

Macht uns nicht Krank

Macht uns nicht krank!

Du bist nicht gesund.
Du bist krank auf Abruf.
Du bist Material
einer Heilindustrie.
Objekt von Maschinen,
Naturheilsektierern.
Bilanzenbazillus
der Großpharmazie.

Und täglich der geile
Medizinjournalismus,
die Schmieragenten
des Marktes der Angst.
Du kannst nicht entrinnen.
Sie projizieren
dir in die Zukunft,
woran du krankst.

Seid andre Ärzte,
habt etwas Wärme,
lehrt unser Hoffen Geduld!
Schneidet nicht sinnlos
zerfreß'ne Gedärme,
fragt lieber lauter nach Schuld!

Doch krank zu sein
ist keine Schande.
Man schämt sich nicht
für ein schlechtes Los.
Nur, diese Scham
dient einer Bande
als Alibi.
Stellt sie endlich bloß!

Lindert die Schmerzen,
mildert die Leiden,
dafür unser Geld, unser Dank.
Helft uns den Tod, der
zu früh ist, vermeiden,
nur macht uns nicht vorsätzlich krank!

Gibt's Protestierer,
schreiben sie Bücher.
Dann sind diese Bücher
schon wieder Geschäft.
Dann wird im Fernseh'n
von Professoren,
wie von den Kötern,
gebellt und gekläfft.

Hier ein Messias,
dort ein Heil-Hitler,
da ein Prophet der
Konträrtherapie.
Du wirst zum Voyeur
deines Kadavers,
du möchtest gesund sein
und weißt nicht mehr, wie.

Seid andre Ärzte,
helft hilflosen Laien
mit Mitteln, Methoden, mit Rat!
Gebt auch den Armen
beste Arzneien,
seid uns ein heilsamer Staat!

Nur: gesund zu sein
sind wir nicht verpflichtet.
Die Welt um uns
hat uns angesteckt.
Doch diese Welt
wird nicht gerichtet,
obwohl dank ihr
viel zuviel verreckt.

Lindert die Schmerzen,
mildert die Leiden,
dafür unser Geld, unser Dank.
Helft uns den Tod, der
zu früh ist, vermeiden,
nur macht uns nicht vorsätzlich krank!

Gut erholt

Walking
C
D
G
Em
Am
D
G
G7
C
D9
Em
E♭
G/D
G/D
D
Em
A9
Am
Am6
D
G
Em
Am
D
G
Em
Am
D
G
Em
Am
D
Em
A7
Am
D9

Gut erholt

Nizza Cannes Kenia Costa Brava e Toscana
Montecattini Tegernsee Copacabana
Karibik Kreta Bangkok Ceylon e Lugano
Riviera Rhodos Krk Dubrovnik Positano –

Wo haben Sie sich diesen Sommer eingeölt?
Wo haben Sie in diesem Sommer schlecht gegessen?
Sind da nicht ein paar Leute vis-à-vis gesessen
und haben Sie durch Lautstärke gequält?

Wo haben Sie in diesem Sommer klären wollen,
was letztes Jahr geschäftlich nicht so glücklich war?
Hat Sie die Kellnerin gereizt, die etwas dicklich war?
Wie werden *Sie* sich gegen Krisen wehren wollen?

Sie sind so gut erholt.
Sie haben abgenommen.
Sie sind so herrlich braun.
Die Angst,
die große Angst,
die Todesangst vor diesem Herbst,
ist Ihnen gut bekommen.

Sie sind ja fast verjüngt.
Wie Sie sich jetzt bewegen!
Sie sind ja richtig fit!
Die Angst,
die große Angst,
die Todesangst vor diesem Herbst,
war doch ein reiner Segen.

Urlaub in –, das ist ein Urerlebnis.
Hier wird das Management Naturerlebnis
und unsre Konjunktur ist Kurergebnis.

Auf Wellen tanzen
Visionen von Bilanzen.
In allen Booten
errechnet man sich Quoten.
Sogar beim Sonnen
addiert man noch Kolonnen.
Und Mädchen kichern,
wenn Bosse Wachstum sichern.

Urlaub in –, der wird sich immer lohnen.
Das ist das Mittel gegen Rezessionen,
wenn sich die Führungskräfte endlich schonen.

Bereits das Saunen
hebt allgemein die Launen.
Nach dem Entschlacken,
da kann man's wieder packen.
Und beim Massieren
denkt man ans Expandieren.
Nur nach dem Strandfest
ist man nicht immer standfest.

Sie sind so gut erholt.
Sie haben abgenommen.
Sie sind so herrlich braun.
Die Angst,
die große Angst,
die Todesangst vor diesem Herbst,
ist Ihnen gut bekommen.

Sie sind ja fast verjüngt.
Wie Sie sich jetzt bewegen!
Sie sind ja richtig fit!
Die Angst,
die große Angst,
die Todesangst vor diesem Herbst,
war doch ein reiner Segen.

Es waren zwei wunderschöne Wochen

Eine braungebrannte Frau sitzt im Auto neben ihrem Mann

Es waren zwei wunderschöne Wochen.
Seit langem die schönsten Ferien. Ehrlich,
es war diesmal wirklich ununterbrochen
sonnig und lustig und – Gott!, wie herrlich!

Dabei haben wir soviel geseh'n:
Natur und Antikes, Land und Leute!
Toll, der Kontrast, das muß man gesteh'n:
Ausgrabung – Autobahn, Gestern und Heute.

Jetzt nicht mehr zurückschau'n!
Gepackt und braun
geht es nach Hause.
Ende der Pause.
Ich spüre ein unbeschreibliches Grau'n.

Wer hat angerufen?
Wer ist auf Band?
Die Post: so ein Stoß?!
Hat der Anwalt geschrieben?

Die nächste Stunde
zernagt den Verstand.
Warum bin ich denn bloß
nicht zu Hause geblieben?

Der Kollege
will meinen Posten,
der hat nichts gebucht.
»Stellung halten!«
Der Intrigant!
Auf meine Kosten!
O Kopfweh – verflucht!
Kurz vorm Schädelspalten!

Ist denn aufgeräumt?
Liegt jemand krank im Bett?
Ich war so lang weg!
Wie hoch ist der Dreck
auf dem Fensterbrett?

In dem Hotel war man ziemlich reinlich,
so wie in allen bess'ren im Süden.
Die Wiener am Nebentisch waren mir peinlich.
Warst du eigentlich mit dem Maître zufrieden?

Der Hans hat uns doch das Haus empfohlen.
Der Hans, der versteht was – außer von Frau'n.
Aus den Kabinen wurde gestohlen.
Sag, das Hotel will nach hinten anbau'n?

Nein, nicht mehr zurückschau'n!
Gepackt und braun
geht es nach Hause.
Ende der Pause.
Ich spüre ein unbeschreibliches Grau'n.

War ein Stromausfall?
Das Gefrierfach!?
Schon schön – so ein Meer.
Auch nicht immer die Wonne.

Das Schlauchboot knattert
im Wind auf dem Dach.
Bitte, nimm das nie mehr!
Und jetzt – eine Kolonne!

Die Erholung,
schon in den Binsen.
In knapp einer Stunde
wieder zu Haus.
Das viele Geld!
Ich seh' sie grinsen,
die falschen Hunde:
»Gut siehst du aus!«

Willst du noch ein Obst?
Der Urlaub macht nur fett!
Man kommt nicht vom Fleck!
Wie hoch ist der Dreck
auf dem Fensterbrett?

Lied der Hausfrau

Ich kenn' mich aus bei den Geräten.
Erst kürzlich las ich die Prospekte.
Was ich da an Vernunft und so
an Rationalität entdeckte!

Der Stromverbrauch der Waschmaschine
ist von der Wäsche unabhängig.
Ich fülle einfach, was ich habe,
und mein Verbrauch ist doch beständig.

Mein Bügelautomat ist Spitze,
wie der Wäschetrockner, der nie rastet.
Mit beiden – freilich »hochgerechnet« –
ist ein Kraftwerk grade ausgelastet.

Warmwasser fleißig zu verbrauchen,
ist wichtig für das saub're Spülen.
Das ist entscheidend für die Ehe,
denn: Wer nicht spülen will, muß fühlen.

Meine Tochter weiß natürlich alles besser.
Ja, die will für Zwiebel nur das Wiegemesser.
Die lehnt mir meine Supermixer ab.
Die sagt mir glatt, Großmutters Messer
macht ihr mehr Spaß und schneidet besser,
wo ich doch soviel andre Schneiden hab'.

Grad, daß meine Tochter mich zu Haus noch duldet,
denn auch ich hätte die Kernkraft mitverschuldet.
Für so was gäbe sie ihr Geld nicht her!
Ich weiß, wie wir vor zwanzig Jahren
drauf sparten, um uns Zeit zu sparen.
Versteh' ich was an dieser Welt nicht mehr?

Ich liebe meinen neuen Kühlschrank.
Er ist so klein und doch so praktisch
und braucht genauso wie ein großer,
leistet also dasselbe – faktisch.

Die Spitze aber ist mein Backherd,
der reinigt sich von selbst – zwei, drei!
Dazu braucht er mehr Energie
als vorher meine Backerei.

Ich liebe meine Tiefkühltruhe.
Ich hab' sie stets im Warmen steh'n.
Ich paß' auf die Geräte auf,
wie Sie auch daraus schon erseh'n.

Jetzt fehlt mir noch der Dosenöffner,
der neue, handlich, strombetrieben.
Nur so macht eine Frau sich frei
und kann den Haushalt auch noch lieben.

Meine Tochter aber ist total verblödet.
Irgend jemand hat dem Mädchen eingeredet,
daß dieser Haushalt wirtschaftlich nicht stimmt.
Und jeden meiner Griffe sieht sie kritisch.
Die ganze Küche ist politisch!
Noch gut, daß sie mein Wiegemesser nimmt.

Grad, daß meine Tochter mich zu Haus noch duldet,
denn auch ich hätte die Kernkraft mitverschuldet.
Für so was gäbe sie ihr Geld nicht her!
Ich weiß, wie wir vor zwanzig Jahren
drauf sparten, um uns Zeit zu sparen.
Versteh' ich was an dieser Welt nicht mehr?

Single

Eine alleinstehende Frau bedenkt ihre Lage

So werd' ich meine Gefühle nicht los.
Problemlos den Saft,
aber wo meine Kraft?
Für mich sind mir meine Gefühle zu groß.
Ich stehe zu tief
im eigenen Mief.
Der Zustand »Alleinsein« ist instabil.
Man betet zum Ich
und verliert sich an sich,
man wird – ganz alleine – so tödlich labil
und fällt aus dem Leid
in 'ne Scheiße zu zweit.

Ich suche ein Single,
das ein Single bleibt,
auch wenn wir uns die Lebenszeit vertreiben.
Ich suche ein Single,
das sie mit mir treibt,
die Ehe, in der beide Singles bleiben.
Die Reime zwischen einsam und gemeinsam
sind ausgelutscht und abgekitscht, verlogen.
Man hat das Krumme zwar verbal zurechtgebogen,
doch das Ergebnis war nicht grade, sondern peinsam.
Jetzt bin ich halt ein Single,
das es bleiben will.
Man kann für Addition so manchen Grund seh'n,
doch wenn das zweite Single
sich entleiben will,
dann will ich nicht im Doppel dran zugrund' geh'n.

Ich suche ein Single,
das es mir erspart,
mein Single-Dasein zu interpretieren.
Ich suche ein Single
für einen neuen Start,
doch möchte ich den Endspurt nicht verlieren.
Im Sport sagt man: Es war ein totes Rennen.
Ein Doppelsieg: Das ist, was beide hebt.
Ich möchte in der Zweisamkeit ein Rennen kennen,
das auch so tot ist und grad' deshalb lebt.
Jetzt bin ich so ein Single,
dem es recht geschieht.
Wie teilt man sich und nicht seine Persönlichkeit?
Doch wenn das zweite Single
das nicht auch so sieht,
dann seh' ich nichts als schlichte, schlimme Einsamkeit.

Lied der Tanzlehrerin

Mein Tanzinstitut war immer elitär.
Ich duldete eigentlich niemals Proleten.
Bitte, das Niveau zu halten war manches Mal schwer.
Weil die Feinen die Proleten zeitweilig glänzend vertreten.
Aber ich habe nur gute Erinnerungen.
Sie haben hier bei mir gelernt, sich zu bewegen.
Ich darf wirklich sagen: Es ist mir gelungen,
den Grundstein für einen Lebensstil zu legen.

Sie waren so smart,
so jung, so erotisch,
sie waren apart,
verschwitzt und idiotisch.
Es gab Verklemmte
oder Versierte,
es gab Gehemmte
oder Verführte.
Sie lernten Manieren,
sie lernten Schritte,
sie lernten sich spüren
so aus der Mitte.
Es wußte die Tochter,
wenn Perfektion war,
von wem ihr Partner
der einzige Sohn war.

Manches Mal kommen sie über mich,
die Geister kaputter Ehen,
der Fluch der Kontakte, das Unheil der Paare.
Ich seh' sie in Tanzhaltung stehen.
Und sie seh'n mich so schrecklich an:
Wir beherrschen ihn ganz!
Den Quickstep der Lüge, den Rumba des Unglücks!
Kurz: den Gesellschaftstanz.

Mein's war das erste von den Instituten.
Die Crème konnte hier eben unter sich bleiben.
Gewissen Häusern ist eben einfach nicht zuzumuten,
daß ihre Kinder es ... äh, also sich irgendwo herumtreiben.
Der Abschlußball war immer ein Erlebnis.
Die Mütter kamen oft aus dem Jubeln nicht heraus.
Jetzt einmal abgesehen vom tänzerischen Ergebnis.
Das sah so elegant nach Zukunft aus.

Sie waren so reif,
dabei so heiter.
War einer sehr steif,
war er halt Reiter.
Es gab auch Gewichtige,
was aber gleich war,
weil dann der Richtige
auch dick und reich war.
Sie gingen und kamen
zu Fuß und mit Taxis,
die Herrn und die Damen
bei wachsender Praxis.
Ich Routinierte
sah schon von weitem
Prädestinierte
für Nobelhochzeiten.

Manches Mal kommen sie über mich,
die Geister kaputter Ehen,
der Fluch der Kontakte, das Unheil der Paare.
Ich seh' sie in Tanzhaltung stehen.
Und sie seh'n mich so schrecklich an:
Wir beherrschen ihn ganz!
Den Quickstep der Lüge, den Rumba des Unglücks!
Kurz: den Gesellschaftstanz.

Für Lore Lorentz

Sprechtage

Man kennt sein Kind
bis zu einem gewissen Grad.
Man weiß, wie es um es steht.
Man kennt seine Kinder
bis zu jenem gewissen Tag,
an dem man dann selbst in die Schule geht.

Sprechtage. –
Da stand man in der Schlange,
um dann zu hören,
wie die Kinder sind.
Sprechtage. –
Da wartete man lange
auf die Erkenntnis:
»Ein nervöses Kind!«

Ich hätte viele Fragen gehabt.
Ich kannte mich beileibe oft nicht aus.
War das nun trotzig?
War das nur rotzig?
Oder klang da so was wie Verletzung heraus?

Ich hätte viele Fragen gehabt.
Die Dinge sind ja oft ambivalent.
Ist sein Gerede
wirklich nur blöde,
oder ist es Fassade vor einem Talent?

Sprechtage. –
Ich hatte nichts zu sprechen.
Nur um zu hören
stand die Mutter da.
Sprechtage. –
Nur um den Stab zu brechen.
»Tja, nichts wie stören!
Nun, man sieht es ja.«
»Er ist doch mehr,
eher doch mehr sensibilisiert.«
»Sie ist – ziemlich impulsiv.«
Wie? Was denn? Das Kind wär'
»unerträglich introvertiert«???
Wer wäre bitte – inwiefern? – »naiv«???

Sprechtage. –
Wie ist man da entlastet.
Das Lehrerurteil
hat den Überblick.
Sprechtage. –
»Sie spricht so überhastet.«
»Wohl das Milieu schuld
an dem Freiheitstick!?«

Gott, hätte ich viele Fragen gehabt.
Die Noten ließen Fragen keinen Raum.
»Kommt er mit Stunden
über die Runden?«
»Man kann es versuchen, doch ich glaube, kaum.«

Was hätte ich damals Fragen gehabt.
Die Fragen, ob die Auskunft auch stimmt.
Doch stand ich schuldig,
in Demut, geduldig.
»Sie wissen wohl nicht, wie Ihr Kind sich benimmt?«

Sprechtage. –
Wie du als Mutter umlernst.
»Der Junge ist – tja –
innerlich zerstört.«
Sprechtage. –
»Schrecklich bei ihm der Unernst.«
»Wenn man ihn tadelt
ist er noch empört.«

/Ich hätte viele Fragen gehabt
beim Sprechtag./

Lied vom Umtausch

Eine Dame erinnert sich

Mama sagte einstmals:
wenn's dir nicht gefällt –
der Umtausch ist garantiert!
So lernte ich rasch,
wie man umbestellt
und immer zufriedener wird.
Natürlich gab's vieles,
was mir dann gefiel,
nicht mehr ums selbe Geld.
Doch ist das Tauschen
ein so schönes Spiel,
daß Draufzahlen nicht allzuviel zählt.

Und so tauschte ich halt
Teddybären, Puppen,
Schulen oder auch die Jungfernschaft.
Und so tauschte ich
Gesinnungen und Gruppen,
und das Tauschgeschäft lief immer fabelhaft.

Und heute möchte ich den Rücktausch
dieser Zeit mit den Austauscherei'n.
Und wenn ich mit nur etwas Glück tausch',
dann wird nichts mehr austauschbar sein.
Man gibt sich sehr wenig, man schenkt viel
und hat dann nichts, wenn man's bedenkt.
Drum:
Wenn man mir das alles nochmal schenken will,
dann will ich's eigentlich nicht mal geschenkt.
Wenn man mir das alles nochmal schenken will,
dann will ich's eigentlich nicht mal geschenkt!

Ich hab' mich häufig
neu eingerichtet
oder total umgestellt.
Ich habe mich
innerlich umgeschichtet,
gehäutet, beinah gepellt.
Ich war flexibel
in Fragen der Logik,
der Treue und der Moral
und aufgeschlossen
in Pädagogik:
»Versuchen wir *das* halt einmal!«

Und so tauschte ich auch
viele und den einen,
weil der eben auch nicht einer war.
Und so tauschte ich
das Lachen mit dem Weinen,
weil bei vielen schließlich leider keiner war.

Und heute möchte ich den Rücktausch
dieser Zeit mit den Austauscherei'n.
Und wenn ich mit nur etwas Glück tausch',
dann wird nichts mehr austauschbar sein.
Man hält sich zuwenig, verschenkt viel
und hat dann nichts, wenn man's bedenkt.
Drum:
Wenn man mir das alles nochmal schenken will,
dann will ich's eigentlich nicht mal geschenkt.
Wenn man mir das alles nochmal schenken will,
dann will ich's eigentlich nicht mal geschenkt!

Ich wünsch' mir zu Weihnachten

Ein verantwortungsvoller Zeitgenosse hat weihnachtliche Gedanken

Ich denke, wenn ich schenke,
nicht nur an dich, mein Schatz!
Ich denke, wenn ich schenke,
an jeden Arbeitsplatz,
den ich so rette, und ich wette,
du denkst auch so weit.
Und darum denk' ich, warum schenk' ich
uns nicht mehr Weihnachtszeit?

Es gilt Bestechen als Verbrechen.
Doch nicht zur Stillen Nacht.
Weil eine Geste zum frohen Feste
nur guten Willen macht.
Wenn wir uns lieben, wird unterschrieben
noch vor »Dreikönig«. Doch
will unser Markt nicht den Infarkt,
ist das zu wenig noch.

Ich wünsch' mir zu Weihnachten
noch drei Weihnachten
für den Lauf des Jahres.
Das wär' gegen Rezession,
das wär' gegen Depression
etwas Elementares.
Ja, geben denn Ostereier,
ja, gibt eine Sonnwendfeier
ökonomisch was her?
Da sag ich von Herzen »Nein!«
und wünsch' mir beim Kerzenschein
drei Weihnachten mehr.

Ich denke, wenn ich schenke,
auch an die Bundesbank.
Mein Einkauf und auch dein Kauf
wollen den Bundesdank.
Ich säume nie da, wo 'ne Krida
droht, und kauf' was ein.
Ich schenk' Karaffen, Engel und Waffen –
stets nur bei Kerzenschein.

Droht wo 'ne Pleite, leg' ich noch heute
dir was zum Lichterbaum.
Auch wenn es März ist, wenn es ein Nerz ist,
stört das den Dichter kaum.
Ist kein Advent da, ist mein Talent da
und so beschere ich.
Denn mit Präsenten sichert man Renten,
darum begehre ich –

– zu unseren Weihnachten
noch drei Weihnachten,
wo die nächste im Lenz wär'.
Das hieße dann »Mainachten«.
Doch warum kein Weihnachten,
das in Permanenz wär'?
Warum an Allerheiligen
nur Gärtner beteiligen?
Ja, wenn man mich einmal läßt!
Dann wünsch' ich zu Weihnachten
mir nichts mehr als Weihnachten!
Ein fro-ohes Fest!

Ob es West oder Ost ist,
ob es Väterchen Frost ist,
ob das Christkind im Fenster
oder andere Gespenster:
Ich wünsch' mir zu Weihnachten
ein ewiges Weihnachten,
ein fro-ohes Fest!

Für Kurt Weinzierl

Der Schivater

Ein älplerischer Mensch tritt auf

Vier Kinder zu haben in unserem Ort,
ja, da hat man noch lang nicht am meisten.
Doch alle nur aufzieh'n für'n Wintersport,
da muß ein Vater schon allerhand leisten.
Und drum sind meine Kinder – und das ist nicht g'log'n –
schon den Schlepplift 'nauf im Kinderwagen.
Bei der Abfahrt hab' ich sie für'n Sieg schon erzog'n.
Und heute, heute kann ich stolz sagen –

Ja, ich bin der Schivater,
der Schivater
und hab' einen Weltmeister als Sohn.
Ja, so einen Sohn hat er,
der Schivater,
einen Stolz seiner Nation.
Und unser Tal hat viel mehr
Fremdenverkehr,
holldrio!,
seit mein Jüngster ein Schiweltmeister is.
Exportiert werd'n wie nie
Weltmeisterschi,
holldrio!,
und der Dank der Nation is mir g'wiß.
Weil ich bin der Schivater,
der Schivater
und hab' einen Weltmeister – als Pension.

Der erste Bua war leider nervlich zu schwach.
Zuerst hat er g'weint, dann erbrochen,
war er schon wieder drei Hundertstel hint'nach.
Mit dem Buam da war einfach nix z'mochen.
Nach Niederlagen vor alle Leut spei'n
und manch's Mal auch heulen, net immer.
Ich hab' g'sagt: geb'n wir ihn langsam ins Narrenhaus 'nein,
weil sonst wird das womöglich noch schlimmer.
Man macht halt als Schivater,
als Schivater
schon Furchtbares mit,
wie Sie selber seh'n.

Das Madel, das war schon ein Riesentalent.
Im Worldcup war sie ganz groß im Kommen.
Sie hat nur mehr trainiert, daß 'n Worldcup derrennt,
da hat ihr Hans sich a andere g'nommen.
Der Kerl hat dem Madel das Herz ganz gebrochen.
Drauf hat sie ihre Form aber schon total verpudert.
Jetzt is' im Hotel – sie sagt mir, sie lernt kochen –,
aber ich glaub', sie is längst bis zur Schihur' verludert.
Das muß halt ein Schivater,
ein Schivater
einfach alles verwinden,
er hat ja noch andere Kinder.

Mein' zweiten Buam, den hat's leider zerrissen,
bei der Non-Stop-Abfahrt, im zweiten Lauf,
da hat's ihn von der Haarnadel in' Wald eineg'schmissen.
Wann das ein'm passiert, steht er nimmer leicht auf.
Weil's die Buam aber auch immer so narrisch treiben!
Den Rollstuhl, den hat er zum Glück schon verlassen,
die Krücken, die werd'n ihm sein Lebtag lang bleiben.
Ich kann mich halt nicht sehr viel mit ihm befassen.

Weil ich bin jetzt der Schivater,
der Schivater
und hab' einen Weltmeister als Sohn.
Ja, so einen Sohn hat er,
der Schivater,
einen Stolz seiner Nation.
Und unser Tal hat viel mehr
Fremdenverkehr,
holldrio!,
seit (wenigstens) mein Jüngster ein Schiweltmeister is.
Exportiert werd'n wie nie
Weltmeisterschi,
holldrio!,
und der Dank der Nation is mir g'wiß.
Weil ich bin der Schivater,
der Schivater
und hab' einen Weltmeister – als Pension.

Der Fussballtormann

Der Fußballtormann

So mit dreizehn, als ich Schülertormann war,
lag ich immer nachts mit Magenkrämpfen wach.
Wird es regnen? Kommt am Ende Publikum?
Sicher schießen die bei mir das meiste flach.

Sonntag zehn Uhr darf ich wieder Fußballtormann sein.
Wieviel laß' ich diesmal rein?

Reiß' ich mir beim Werfen meine Knie auf?
Werd' ich je auf wirklich grünem Rasen steh'n?
Halten meine Nerven, bis der Schlußpfiff kommt?
Ich bin einer und ich spiel' für mich *und* zehn.

Schad, daß dieser Fleck, der vor den Toren ist,
für mich so verloren ist.

Halt' ich heute, wie sie sagen, einfach toll?
Oder hab' ich vorher schon die Hosen voll?
Diese Art Verantwortung war übergroß,
und die bin ich leider los.

Supernarr

Was verschönt uns unser Leben sofort?
Was macht manchmal so unendlichen Spaß?
Was macht uns die kranke Welt noch heil? Was?
Das ist der Sport.

Schön, wenn du nach hartem Kampf unterliegst.
Ach, wie gern du intensiver trainierst,
nur damit du nicht schon wieder verlierst.
Und schau: du siegst!

Plötzlich ist dir deine ob're Grenze klar.
Nur durch Opfer wäre die noch steigerbar.
Schmerz statt Lustgewinn?
Das hat nicht sehr viel Sinn.

Außer du bekommst dafür sehr viel Geld.
Außer du machst finanzielle Karrier'.
Status heißt das. Mehr Prestige. Immer mehr.
Du hast gewählt:

Du bist eben hochbezahlter Artist.
Gehst dafür ein großes Risiko ein.
Duldest täglich jede Folter und Pein.
Weil's nötig ist.

Wenn man aber Wohlstand an die Grenze treibt,
fragt sich immer, ob er konsumierbar bleibt.
Geht die Rechnung auf?
Oder zahlt man schon drauf?

Ob du dir dein schönes Leben verschönst,
wenn dir jede Sehne einzeln zerreißt?
Wenn du wegen deiner Bandscheiben schreist,
oder nur stöhnst?

Wenn dir langsam Invalidentum droht.
Und dein Sportarzt spritzt dich immerzu fit.
Und du denkst tief innen: mach nicht mehr mit,
du Vollidiot!

Fraglich, was dir einst ein gold'ner Rollstuhl nützt,
wenn du so mit sechzig hilflos drinnensitzt.
Großer Superstar.
Großer Supernarr!
Großer Superstar.
Großer Supernarr!

Autorennen

Dieses Autorennen
geht über vierundzwanzig Stunden.
Der Zeitraum reicht.
Da bleibt was auf der Strecke.
Da kann man Abschied nehmen
von dem, der so und so war,
dieses gewann
und jenen überlebte.
Und jetzt, gerade jetzt!
So einer kommt nicht mehr.
Der nächste, den's zerreißt,
der heißt ganz anders.

Und schön ist das Gesicht der Überlebenden,
die Nähe des Verkohlens macht Effekt.
Und auch die Damen und die Firmen
schmücken sich mit dem Sex-Appeal
des Todes.

Olympiade

Das wäre eine Olympiade,
wenn sie tatsächlich Sportfest wär'
und nicht nur Militärparade
mit Sportgerät als Schießgewehr.

Das wäre eine Olympiade,
ohne den Nationalgestank
in einem Wettkampf ohne Gnade,
gedopt, pervers, verlogen, krank.

Die Fahne hoch!
Wir kommen schon.
Die Pharmazie,
die gibt uns die Gewähr
für sehr viel Gold
für die Nation.
Es siegt für sie
das Sportler-Militär.

Das wäre eine Olympiade,
die der Gemordeten gedenkt
und all der Kriege in der Lade
und all der Gegner, die man henkt.

Das wäre eine Olympiade
mit Frieden auf dem Siegpodest,
und nicht hysterische Fassade
vor einem Sportfaschistenfest.

Die Fahne hoch!
Die Spesen groß.
Die Industrie
braucht Siege jedenfalls.
Wer spricht von Krieg?
Den sechsten Ring,
den trägt das Vieh
der Völker um den Hals.

Das wäre eine Olympiade,
ein großes Kinderflüchtlingsspiel.
Die kriegten Keks und Schokolade
vor allem aber auch ein Ziel.

Warum nimmt die Olympiade
die Mondrakete nicht an Bord?
Und schießt sie senkrecht und gerade
hinein ins All – das wär' Rekord!

Die Fahne da
ist ekelhaft,
nehmt sie nur hoch
und geht weit fort.
Olympia
wird abgeschafft,
dann treibt der Mensch
womöglich wieder Sport.

Ein Riesenteppich wäre gut
aus allen Fahnen dieser Welt
oder ein Superbaldachin
für ein enormes Sportlerzelt.

Ein Riesenleintuch wäre gut,
weil das die große Chance gibt
für eine schöne Disziplin:
wie man sich wohl olympisch liebt.

Person
&
Sentiment

Da stellte sich ein junger Mann dem Leben
und tat das gern mit immer vollem Glase.
Er wollte viel aus allen Angeln heben
und übte das mit Suff – in dieser Phase.

Zwischentöne

Es wird Sie zunächst int'ressieren,
welchen Ton ich anschlage,
ob ich heftig anklage
oder ob ich Sie leis unterhalte.

Erzähle ich Ihnen Satiren?
Immer scharf pointierte,
oder routinierte?
Vielleicht bin ich auch nicht mehr der alte?

Nein, nein, ich mach's, wie ich's immer schon mach',
ich fasse mich einfach zusammen.
Ich schlage mich auf und ich schlage mir nach.
Ich bestehe aus vielen Programmen.

Ich bringe ZWISCHENTÖNE.
Das sind nicht immer die schönen
unter verfügbaren Tönen,
die ZWISCHENTÖNE.

Ich bringe ZWISCHENTÖNE.
Das sind nicht immer die harten,
die manche notorisch erwarten,
die ZWISCHENTÖNE.

Es sind eher die
zwischen Kälte und Schwitzen,
zwischen Statement und Witzen,
zwischen Skalen und Duren,
zwischen Lieben und Huren,
zwischen Lachen und Beten,
zwischen Spotten und Treten,
die ZWISCHENTÖNE.

Ich spiele mich gern mit den Stilen.
Teils aus reiner Neigung,
teils aus Überzeugung:
Die Wahrheit verlangt Akrobaten.

Und Wirkung entsteht durch die vielen,
die sich da heraufstellen
und vor Ihnen aufstellen,
um Wahrheit nicht zu verraten.

Ich bin ja als Ganzer nicht mehr als ein Lied,
daher muß ich das modulieren.
Ich muß es mit Wortspiel, mit Swing oder Beat
in die Zuhörer manipulieren.

Darum die ZWISCHENTÖNE.
Die zwischen Bühne und Ihnen,
die zwischen Mienen und Minen,
die ZWISCHENTÖNE.

Ich liebe ZWISCHENTÖNE.
Die zwischen Wut und Verachtung,
Erkenntnis und leiser Umnachtung,
die ZWISCHENTÖNE.

Es sind manchmal die
zwischen Scherz und Entsetzen,
zwischen Liedern und Sätzen,
zwischen meiner Verstörung
und Ihrer Empörung,
zwischen »Böse mit allen«
und »Ihnen gefallen«,
die ZWISCHENTÖNE.

Lied von den Nerven

Mir gehen meine Nerven auf die Nerven.
Ich bin oft wütend auf die eigne Wut.
Ja, immer nur verneinen und verwerfen.
Es sieht nicht schlecht aus. Und es geht uns gut.
Aber keiner lacht.
Was mich lachen macht
ist nur so was wie Spott.
Angst, daß man erwacht.
Angst, daß es wo kracht.
Plötzlich beten. Zu Gott?

Mich bringen alle Phrasen fast zum Rasen,
mit denen sich fast jeder Tag begnügt.
Ich seh' mir zu und finde mich verblasen
und hasse alle, denen das genügt.
Jede Wendung paßt.
»Er hat es erfaßt!
Was er formuliert, sitzt!«
Völlig wirkungslos
ist die Wirkung groß,
wenn der gute Geist blitzt.

Wie entfliehen?
Wie sich intellektueller Angst entziehen?

Rett dich in die Gesellschaft
und diskutier dich aus.
Wer ein Kommerzgebell schafft –
elegant und interessant,
so zwischen hart und smart – der schafft es!
Lach dir den Wiener Stil an.
Ernenn dich zum Genie.
Tu dir nicht allzuviel an.
Immer nur brillieren, amüsieren,
nur das eine nicht riskieren, zu pausieren, denn sonst
werden deine Nerven wieder Nerven.

Dann wird der Heurige auf einmal Blut.
Dann mußt du allerhand Ballast abwerfen.
Dann geht's dir nur, wenn du auch gut bist, gut.
Weil du dann verneinst.
Nichts mehr nur so meinst,
bis auf diesen Rest Hohn.
Weil dich dann ganz nackt
nur noch Grauen packt
vor dem Schleim Konvention.

Bei Meiers lobt man des Poeten Strophen.
»Die Künstler haben alle einen Tick!«
»Was wollen diese Wirtschaftsphilosophen?«
»Die Frühjahrsmode wird besonders chic!« –
Ich bin so beschwert.
Alles in mir gärt.
Steht mir denn kein Gott bei?
Sei doch nicht so feig!
Antwort' nicht mehr! Schweig!
Oder andersrum: Schrei!

Wie entfliehen?
Wie sich intellektueller Angst entziehen?

Bemüh dich laut zu denken.
Sprich alle Denker zu.
Keinem die Antwort schenken.
Immer was bekräftigen,
sich immer voll beschäftigen. Ja! –
Geh auf die Vernissagen.
Fehl nie bei den Premier'n.
Belach Kulturblamagen.
Lasse dich zitieren, interviewen,
nur das eine nicht riskieren, zu pausieren, denn sonst

werden deine Nerven wieder Nerven.
Dann wird der Heurige auf einmal Blut.

So schön gereimt

Ich denk' an das Gefühl, das ich verspürte,
als auf dem Schülerball der kleine Busen
sich meine Hand in seine Nähe führte,
um gleichzeitig von Aug zu Aug zu schmusen.

Ich denk' an das erotische Getümmel,
an diese Angst, an das Sichselbstverführen.
Wie schaffte es der unbeholf'ne Lümmel
denn, eine Märchenfee zu deflorieren?

So schön gereimt ist es erträglicher.
Es steckt noch ein Chanson im bittersten Versager.
In einem Tagebuch wär' es weit kläglicher.
Man macht sich – Gott sei Dank! – auch noch zum Schlager.

Da stellte sich ein junger Mann dem Leben
und tat das gern mit immer vollem Glase.
Er wollte viel aus allen Angeln heben
und übte das mit Suff – in dieser Phase.

Und jährlich gab es die Geburtstagsfeste
und zu Silvester schon die Hysterie.
Und jährlich älter wurden auch die Gäste.
Und immer abgestand'ner jede Poesie.

Im Grunde ist das Rennen schon gelaufen.
Die Damenmode war schon dreimal so.
Der Pfarrer wird auch Enkelkinder taufen.
Der nächste Urlaub? Vielleicht Jesolo?

Natürlich kann man das, was war, verspotten,
doch wird's schon schwer, sich wirklich zu entsinnen.
Was sind wir denn? Leicht dickliche Idioten,
die eine starke Zeit nur mehr verdünnen.

So schön gereimt ist es erträglicher.
Es steckt noch ein Chanson im bittersten Versager.
In einem Tagebuch wär' es weit kläglicher.
Man macht sich – Gott sei Dank! –
auch noch zum Schlager.

Old Shatterhand

Old Shatterhand

Er schlug mit der Faust zu
wie Old Shatterhand,
aber der Mittelhandknochen brach.
Er legte die Waffe an
wie Old Shatterhand,
aber es flimmerte vor den Augen.
Er raunte ins Ohr des Pferdes
wie Old Shatterhand,
aber es lief nicht schneller.
Er vertraute auf Gott
wie Old Shatterhand,
aber die Retter verspäteten sich.
Er sah Winnetous Schwester
wie Old Shatterhand,
aber er träumte erotisch.
Er wurde durch Bücher
wie Old Shatterhand,
aber keiner hat das bemerkt.

Der Schatten von an Bam

Jedes Jahr zur Sommerszeit
wird's amol richtig haß.
Hundstag san des, jammern's dann.
Nur i, i find' des klaß.
Hört's ma auf mit'n Swimming-pool und
hört's ma auf mit'n See.
Wann die Sunn so oba brennt,
da hab' i mei Idee:

Der Schatten von an Bam,
dort wo mei Tisch is,
zwa Blattln und da Wind
tan Fangerl spiel'n.
Zwa Vierteln von an Wein,
der resch und frisch is,
und da Garten hinter'm Haus,
i und zwa Grill'n.
Zwa Vierteln von an Wein,
der resch und frisch is,
und der Garten hinter'm Haus,
i und zwa Grill'n.

Wegen a paar Hitzegrad,
da gengans alle ein,
saufen so a kaltes Zeug
dann literweise hinein.
I brauch' ka gemischtes Eis
und auch ka Limonad.
Wollt's ihr wissen, was i brauch',
dann seid's a bisserl stad:

Den Schatten von an Bam,
dort wo mei Tisch is,
zwa Blattln und da Wind
tan Fangerl spiel'n.
Zwa Vierteln von an Wein,
der resch und frisch is,
und da Garten hinter'm Haus,
i und zwa Grill'n.
Zwa Vierteln von an Wein,
der resch und frisch is,
und der Garten hinter'm Haus,
i und zwa Grill'n.

ICH HEBE DAS GLAS

TEXT: WERNER SCHNEYDER

MUSIK: ROBERT OPRATKO

Ich hebe das Glas

Man sah diese Faust sich schon ballen.
Der Mund hier hat schon gebellt.
Ich laß' mir nie was gefallen,
was mir nicht wirklich gefällt.
Natürlich strengt dieses Streiten
mich fürchterlich an. Und wie!
Drum gönn' ich mir zu manchen Zeiten
– zum Beispiel heute – die Melancholie.

Ich hebe das Glas.
Da hab' ich was in der Hand
gegen die Zeit,
die durch die Finger rinnt.
Ich hebe das Glas
und warte ziemlich gespannt
auf jene Zeit,
wo das nur Scherben sind.

Sehr selten, daß mir der Mut fehlt,
deutlich zu sagen: Sie Schwein!
Und wenn schon einmal die Wut fehlt,
dann reicht's immerhin noch zum »Nein!«.
Doch braucht auch der Souveräne
oft einen anderen Ton,
den mit der heimlichen Träne,
– zum Beispiel heute – die Resignation.

Ich hebe das Glas.
Sonst hab' ich nichts in der Hand
gegen die Zeit,
die durch die Finger rinnt.
Ich halte das Glas
als Waffe in meiner Hand
bei jedem Streit,
den man dann nicht gewinnt.

Wir haben doch täglich zu kämpfen.
Man nennt das den »Lebenskampf«,
wenn wir mit furchtbaren Krämpfen
uns wehren gegen den Krampf.
Da wird man sehr bald ziemlich müde.
Das glaubt man *dem* Äußeren nie.
Ich gelt' als dynamisch und rüde,
doch ist das häufig Ersatzenergie.

Ich hebe das Glas.
Da hab' ich was in der Hand
gegen die Zeit,
die durch die Finger rinnt.
Ich leere das Glas
und gebe es aus der Hand
und wünsch' mir sehr,
daß ich's voll wiederfind'.

Als ich in die Bar ging

Als ich in die Bar ging,
da war »New Wave« ein Kinowort.
Der Tanzmusik im Badeort
fuhr Wind in die schrägen Noten.

Als ich in die Bar ging,
da war ich nicht, wie die, soweit,
so ausgestellt verklemmt befreit,
wie heut' diese Vollidioten.

Nur arm waren wir genauso.
Wir dürfen uns da nicht irren,
wenn uns zärtliche Standards
die Wahrheit methodisch verwirren.
TU SEI PER ME
LA PIÙ BELLA DEL MONDO
UN AMORE PROFONDO –?

Als ich in die Bar ging,
da gab es keine Diskothek.
Es spielten Bands an unsrem Weg
zum Tanz der erotischen Posen.

Als ich in die Bar ging,
da war ich, wie wenn Fred Astaire
ein Synonym für Sartre wär'.
Wir trugen das Nichts in Hosen.

Nur, ich lasse mir nicht nehmen,
womit wir uns damals spielten.
Singt so falsch, wie ihr Lust habt,
so falsch, wie wir damals fühlten.
JE SUIS SEUL CE SOIR
AVEC MES REVES
JE SUIS SEUL CE SOIR
SANS TON AMOUR –?

Werner Schneyder

Als ich in die Bar ging

Christoph Pauli

Als ich in die Bar ging,
da waren wir genauso dumm.
Ich frag' mich ziemlich oft: warum
wir glaubten, wir könnten's schaffen.

Als ich in die Bar ging,
da war sie uns kein Affenhaus.
Doch heute sind wir drüber raus
und halten die Affen für Affen.

Nur haben wir dieses Recht nicht,
Verlogenes abzulehnen.
Wir haben nur das Recht, uns
nach eigenen Lügen zu sehnen.
UNFORGETTABLE
THAT'S WHAT YOU ARE
UNFORGETTABLE –

Als ich in die Bar ging . . .

Wenn ich an Liebe denk'

Wenn ich an Liebe denk',
dann denk' ich an das Morgenlicht am Wörthersee,
an Klagenfurt, den Fußballplatz des KAC,
und an den Karpfen, aber nur im Schweinefett paniert,
weil sonst das Weihnachtsfest für mich kein bißchen heilig wird,
an einen alten Redakteur, der mich das Kürzen lehrte,
und an die Tanzmusik, die ich gegen mein Weinen hörte.

Wenn ich an Liebe denk'
dann denk' ich an den Hecht, der mir zu Ehren anbiß,
und an die Tormannhose, die ich noch mit dreizehn anschiß,
an Anna Berzkowitsch, die Großmutter, die ich so mochte,
weil sie, genau so wie sie hieß, unschlagbar böhmisch kochte,
an ein paar Menschen, die mir nicht nur kurz entgegentraten,
die einen ersten Eindruck noch um einen zweiten baten.

Denk' ich an Liebe,
dann denk' ich ans Kaffeehaus,
an erste Honorare,
an ein, zwei Professoren,
an deine Mädchenjahre.
Ich denk' an die C-Dur
am wehrlosen Klavier
und an den großen Mut zu leben
beim vierten, fünften Bier.

Wenn ich an Liebe denk',
dann denk' ich an den Mut der sogenannten Großen,
der eignen Kräche wegen, Kinder in die Nacht zu stoßen,
an den Tenor, aus dessen Platten die Erkenntnis klingt,
daß es nicht wichtig ist, wie lange, sondern wie man singt,
an jenen alten Juden, der im Schach mein Geld gewann
und mir dann zeigte, wie, von wem ich's wieder holen kann.

Wenn ich an Liebe denk',
dann denk' ich an den Stallgeruch im Zirkuszelt
und an Applaus, wenn irgendwo ein roter Vorhang fällt
und an den Vater, der zu selten Wienerlieder sang,
weil ihn ein nie begriffnes Leben gnadenlos verschlang.

Denk' ich an Liebe,
dann werde ich so klein,
und mir fällt so viel Alltägliches
und gar nichts Großes ein.

Mein Liebeslied

Mein Liebeslied

Mein Liebeslied
ist ein Geigenlied,
ein Zigeunerlied,
ich hör's ziemlich gern
auch vom Cocktail-Klavier.
Mein Liebeslied
ist ein Opernlied,
ist ein Wienerlied,
hat den kleinen Stich
Operettenmanier.

Was die Musikkritik befindet,
int'ressiert mich nicht.
Und was der Jazzfan meint,
ist mir egal.
Ob sich ein Rocker windet,
das tangiert mich nicht.
Ich will nur, daß du lächelst,
wie beim ersten Mal. –

Mein Liebeslied
ist kein großes Lied,
auch kein neues Lied,
es hat ganz sicherlich
nicht sehr viel Beat.
Es ist wahrscheinlicher,
daß es ganz leise swingt
und es ist unbedingt
ein Lied.

Als die Kapelle damals an den Tisch kam,
da gab's noch deinen Vater und eben auch sein Geld.
Als die Kapelle was verdienen wollte,
hat von den andern keiner was bestellt.
Ich hab' geahnt: Ich muß jetzt etwas singen,
was zum Lokal, was zur Kapelle stimmt.
Ich muß nur jetzt die Überraschung bringen,
wenn ich erreichen will, daß sie mich nimmt.

Mein Liebeslied
ist ein Geigenlied,
ein Zigeunerlied,
ich hör's ziemlich gern
auch vom Cocktail-Klavier.
Mein Liebeslied
ist ein Opernlied,
ist ein Wienerlied,
hat den kleinen Stich
Operettenmanier.

Wenn einer meint, daß es zu laut ist,
int'ressiert's mich nicht.
Und auch das Arrangement
ist mir egal.
Sagt wer, daß es geklaut ist,
das tangiert mich nicht.
Ich will nur, daß du lächelst
wie beim ersten Mal. –

Mein Liebeslied
ist kein großes Lied,
auch kein neues Lied,
es hat ganz sicherlich
nicht sehr viel Beat.
Es ist wahrscheinlicher,
daß es ganz leise swingt
und es ist unbedingt
ein Lied.

Lied von der alten Liebe
(La chanson des vieux amants)

Wie oft hab' ich mich schon betrogen,
als ich dir sagte: Aus! Nie mehr! –
Der Abschied war schon oft vollzogen.
Der Platz im Flugzeug, der blieb leer.

Wie oft hab' ich dich schon verflucht,
so an die tausend Male wohl,
man hat viel Zeit in zwanzig Jahren.
Ich habe jede Flucht versucht,
doch auch der Griff zum Alkohol
half nicht die Frage zu ersparen:

Liebst du mich?
Die Antwort war für uns nie wirklich klar.
Jetzt sind wir fast ein altes Ehepaar,
und immer noch dieselbe Frage.

Ich kenne deine Zaubereien.
Und hab' sie satt. Und mag sie doch.
Und du kennst meine Gaukeleien
und liebst sie – manchmal – immer noch.

In Träumen gingst du öfter fremd,
dein Körper ist ein kleines Kind
und will's mit Nachbarskindern treiben.
Wir brauchten beide viel Talent,
um alt zu werden, wie wir sind,
und dennoch Fragende zu bleiben.

Liebst du mich?
Die Antwort war für uns nie wirklich klar.
Jetzt sind wir fast ein altes Ehepaar,
und immer noch dieselbe Frage.

Wir hatten unsre guten Seiten
in jedem noch so bösen Streit.
Jetzt droht schon alles zu entgleiten,
denn hinter uns liegt soviel Zeit.

Man könnte sagen, wir sind reif!
Du bringst dich nicht mehr täglich um
nach lächerlichen Zwischenfällen.
Es gibt soviel, was ich begreif',
doch komme ich nicht drum herum,
die Frage immer noch zu stellen:

Liebst du mich?
Die Antwort war für uns nie wirklich klar.
Jetzt sind wir fast ein altes Ehepaar,
und immer noch dieselbe Frage.

Schlußwort zum Thema »Geschlecht«

Dies ist mein Schlußwort zum Thema »Geschlecht«.
Habt etwas Mitleid. Seid eher gerecht.
Alle sind wir in den Rollen fixiert.
Wer ist denn wirklich schon emanzipiert?
Forscht in die hintersten Gene hinein:
Frausein und Mannsein heißt ratlos zu sein.
Lebt wer das Ratlossein wirklich zu zweit,
ist er nicht blöd, sondern weit eher weit.

Dies ist mein Schlußwort zum Thema »Geschlecht«.
Glatt klingt es, platt klingt es, ist aber echt.
Ich weiß ja selbst, wie zerrissen man ist,
wenn man halb Chauvi ist, halb Feminist.
Wenn's zwischen Völkern und Rassen nicht geht,
wenn zwischen Klassen der Klassenkampf steht,
sollten wir nicht noch an Feindbildern bau'n,
nur weil es Männer gibt, Neutra und Frau'n.

Dies ist mein Schlußwort zum Thema »Geschlecht«.
Habt alle Mitleid. Seid alle gerecht.
Freilich, die Welt wird vom Mann dominiert,
aber nicht so, daß er glücklicher wird.
Ich will kein Typ sein, der etwas verschönt,
Tatsachen wegschminkt, verlogen versöhnt.
Aber treten wir gegen das Herrschende an,
der Mann für die Frau und die Frau für den Mann.
Oder meinen Sie, daß das nie hinhauen kann:
der Mann für die Frau und die Frau für den Mann?

Jetzt ist sie weg

/Ein sehr guter Freund hat mir ganz genau erzählt,
wie es damals war, als seine Tochter fortging./

Und dann verflog sie. Nach Paris.
So auf ein Jahr. Na eben bis
sie ihr Französisch aufpoliert.
Es nützt bei Mädchen – sagt man – sehr
diese Bewährung. So: au pair.
Ich hab' nicht weiter protestiert.

Sie hat ihr Zimmer ganz entleert
und mitgenommen, was an Wert
ihr junges Leben illustriert:
die Lithos, Poster und den Stich,
die Bücher, alles – nur nicht mich.
Ich stand und fand mich aussortiert.

Jetzt ist sie weg.
Und daß sie wiederkommt,
das bleibt vertagt.
Jetzt ist sie weg.
Und wenn sie wiederkommt,
hat sie versagt.
Das wäre dann ein Fehlverhalten,
drum wünsch' ich ihr, daß sie es packt.
Und wünsche mir, daß sie versagt.
Ich bin total gespalten.

Ich durfte beim »Auf Wiedersehn«
nicht durch die Paßkontrolle geh'n.
Sie hat ums Eck noch mal gewinkt.
Sie hatte wohl was mitgekriegt
vom Elternhaus. Doch ob's genügt,
damit ein Leben nicht mißlingt?

Ich weiß nicht mehr: Hab' ich gelacht
über den schrecklichen Verdacht,
daß nichts, was langen müßte, langt?
Zum Bombenwurf war ich zu feig.
Ich hoffte auf den Lotsenstreik
und daß der Kapitän erkrankt.

Jetzt ist sie weg.
Und ihr Gepäck hab' ich
nicht gern gezerrt.
Jetzt ist sie weg.
Ich hab' die Autotür
nicht gern gesperrt.
Jetzt muß sie alles selber tragen.
Das kam doch erst, das Mobiliar,
das dann so kurz ihr Zimmer war.
Das war doch erst vor Tagen.

Bald kommt die eig'ne Wohnung dran.
Heirat vielleicht. Wer ist der Mann?
Die Abschiede sind prolongiert.
Ein starker Abschied wird ihr Kind.
Die Liebe macht viel mehr als blind,
wenn man sein Kind so oft verliert.

Wenn nur das eine nicht geschieht:
daß sie wer aus dem Denkkreis zieht.
Aus meinem Weltbild. Das wär' schlimm.
Dann trete ich noch einmal an.
Dann hüte sich der junge Mann
vor meinem väterlichen Grimm.

Jetzt ist sie weg.
Das tat auch andern weh.
Für mich nur mir.
Jetzt ist sie weg.
Ich bin als Tröster schwach.
Sie ist nicht hier.
Da hilft es nichts, mich zu belehren:
»Sie hat jetzt doch das Abitur!
Es war schon Zeit!« Ja, gut schön. Nur,
ich kann's mir nicht erklären.
Doch sie ist weg.

Auch ich war einst ein Kind (Mon enfance)

Auch ich war einst ein Kind
in viel zu engen Wänden,
von viel zu vielen Händen
erzogen und belehrt.

Doch wenn der Winter hart war,
und eisig kalt der Wind,
dann war für dieses Kind
das Haus schon sehr viel wert.

Im Sommer stand das Gras.
Ich war in der Prärie
ein Häuptling hoch zu Pferd.
Ich fand mein Lager nie.
Die Großen hatten wohl
den Westen schon zerstört.

Auch ich war einst ein Kind,
von dem sie nichts verstanden,
das Damen reizend fanden
bei Kuchen und bei Tee.

Die Männer spielten Karten
mit vollgefülltem Bauch.
Ich schaute in den Rauch,
das tat den Augen weh.

Sie wußten nichts von mir.
Nicht, daß ich mich im Schlaf
mit vielen Teufeln traf
für einen großen Plan:
die Reise in das Nichts. –
Ich trat sie doch nicht an.

Auch ich war einst ein Kind,
das sie bei Fieber pflegten
und liebevoll umhegten,
wie unsren Kaktus auch.

Und holte Gott die Tante
zu sich ins Himmelreich,
dann gingen sie zugleich
in Schwarz. Das war so Brauch.

Weil man als kleiner Sohn
noch nicht mit andern weint,
ließ man mich ganz allein.
Das war nicht schlecht gemeint.
Ein großer Schmerz trug schon
zwei Schokoladen ein.

Auch ich war einst ein Kind,
das eines Tages dran war
und über Nacht ein Mann war,
durch Zärtlichkeit befreit.

Ich hatte sie so lieb.
Ein Augenblick zu zweit,
und schon war es soweit,
daß ich kein Kind mehr blieb.

Ich schwör' euch, daß ich flog.
Ich stieß am Himmel an.
Ich war ein großer Mann,
bevor sie mich betrog.
So war's, als es begann.
Und dann? Was kam dann?

Joe (Jacky)

Selbst wenn ich öfters im Salon
mit »Nonchalance« und »Distinktion«
mit Damen amüsiert parlier',
selbst wenn ich sage: dieser Brel,
der komponiert exzeptionell
und feine Damen ganz verwirr',

selbst wenn ich mein Programm und mich
zum allerhöchsten Preis verkauf',
selbst wenn ich diese Art von Strich
bejubelt rauf- und runterlauf',
selbst wenn das kluge Feuilleton
mich als subtilen Könner preist
und mit dem Lorbeer um sich schmeißt
für meine Interpretation!

Mich machen Kränze nicht mehr froh.
Wo ist die Zeit in dieser Bar,
wo ich als Niemand alles war?
Denn damals war ich noch der Joe.

Nur einmal
der Joe wieder sein!
Nur einmal,
da täten die schau'n!
Nur einmal
des sein, was i bin:
nix
wie a schener Clown!

Selbst wenn ich mir viel Geld erspar'
und mir dann selbst auf dem Boulevard
ein reizendes Theater kauf',
selbst wenn ich selbst schon engagier',
und alle Mädchen woll'n zu mir
und fragen: Treten Sie nicht auf?

Selbst wenn am Abend der Kassier
zu mir kommt in die Direktion
und sagt: Bis Ultimo sind wir
ganz ausverkauft, was ist das schon!?
Selbst wenn ich mich fast jede Nacht
garnier' mit Leuten schön und jung,
ich bleibe traurig, und das macht
nur diese Scheiß-Erinnerung!

Kauft dann das Fernseh'n meine Show,
dann bin ich sicherlich erfreut.
Gesprungen wär' ich seinerzeit,
denn damals war ich noch der Joe.

Nur einmal
der Joe wieder sein!
Nur einmal,
da täten die schau'n!
Nur einmal
des sein, was i bin:
nix
wie a schener Clown!

Selbst wenn man mich beim großen Fest
im Paradies dann singen läßt,
und jeder Engel applaudiert,
selbst wenn mein »Halleluja« swingt
und bis in SEINE Klause dringt,
und er ganz heimlich mittaktiert,

selbst wenn der Petrus meint: Moment!,
das grenzt an göttliche Blamage,
ein derart himmlisches Talent,
und nichts wie Himmelstau als Gage?!?
Selbst wenn man meint: Der schöne Mann
war eben der gebor'ne Star,
da lach' ich laut und denke dran,
wie ich im Rauch ganz heiser war.

Nur Höllen formen einen so.
Die Zeit ist leider ewig weg.
Doch g'lernt hab' ich nur tief im Dreck.
Denn damals war ich noch der Joe.

Nur einmal
der Joe wieder sein!
Nur einmal,
da täten die schau'n!
Nur einmal
des sein, was i bin:
nix
wie a schener Clown!

Für Michael Heltau

Franz
(Jef)

Schau, Franz, i bin bei dir.
Bist du dir net zu schad?!
Laß di net einfach so fall'n,
nur weil's di ang'lahnt hat,
die blöde blonde Schnall'n,
drahst du jetzt durch, du Depp!

Schau, Franz, i bin bei dir.
Du machst uns a schöne Schand!
Da bleib'n d'Leut' schon steh'n
und sag'n: Na der is schön beinand!
Wer so a Schnall'n verliert,
dem is do nix passiert.

Schau, Franz, i bin bei dir.
Bleib da net lieg'n, steh auf!
Was soll denn da draus wer'n?
Auf der Gass'n kannst do net plärr'n!
Tu weiter, Franz, komm, komm –

Fraaanz!, i hab' ja no a Geld,
des bring' ma unter d' Leut'
da drüb'n im Nachtcafé. (Komm, Franz, komm, komm!)
Ich hab' wirklich no a Geld,
und wenn uns des net reicht, Wurscht!,
dann mach ma halt an Schmäh.

Was essen wär net schlecht,
a Schnitzel mit Pommes frites,
vielleicht sogar a zweit's.
Dazu an schönen Wein,
wannst dann no traurig bist,
dann reiß ma uns was auf,
weil Katz'n gibt's dort gnua,
wir braten uns a ein.

Dann sing ma miteinand
und laut, was uns grad g'fallt.
Heut bau ma uns no auf,
wir sind no net am Sand,
komm – gib mir die Hand! –

Schau, Franz, i bin bei dir.
Jetzt mach ka große Schau!
Da steh'n scho d' Leut und sag'n:
Na der is schön beinand!
Wachs da net an und geh!
Es is schon höchste Zeit, Franz.

Schau, Franz, i bin bei dir.
Vergiß die Traurigkeit
und mach da jetzt kan Lärm
und sei a bissl g'scheit,
wer hängt sich denn schon auf?
Vergiß doch jetzt aufs Sterb'n!

Schau, Franz, i bin bei dir.
Wir können da net bleib'n,
weil die uns da vertreib'n.
Also wan net mehr, steht doch net dafür.
Also komm, Franz, komm, komm!

Fraaanz, da drüben im Café,
da spielt der Pianist
gar net so schlecht.
Oder gemma halt spazier'n.
Wannst net so bsoffen bist,
geht's da besser? Hab i recht, Franz?

Dann wer'n die Vögel wach
und du machst wie vor Jahr'n
die Vogelstimmen nach.
Die Vögel werd'n schaun, Franz.
(Geh mach des! Komm!)

Wannst dann no traurig bist,
dann red ma von dem Geld,
das du demnächst verdienst,
und wie ma's aussehau'n!
Dann sing ma miteinand
und laut, was uns grad g'fallt!
So hammas immer g'macht, Franz,
wie wir in bessern Jahr'n
no net nur bsoffen war'n.

/Also steh auf, Franz, komm, komm!/

Das blöde Alter
(L'âge idiot)

Jedes Alter ist zu blöd.
Zwanzig heißt: wohin mit dir?
Wenn du lautstark protestierst
und du sagst: doch nicht mit mir!

Das ist die Zeit, da sind die Augen
viel größer als dein großer Mund.
Du möchtest alles in dich saugen
und saugst und saugst, doch kommt kein Grund.

Das ist die Zeit, die dich verweht,
weil du doch viel gescheiter bist,
wo nichts, was ist, vor dir besteht,
weil du doch so viel weiter bist.
Du erfindest Leben neu.
Das geht vorbei.

Jedes Alter ist zu blöd.
Dreißig heißt: kein Widerstand,
weil jetzt plötzlich alles läuft
fast nur mit der linken Hand.

Du lachst dich manchmal selber aus.
Du hast die Tour schon gut im Ohr
und findest oft nicht mehr heraus
und kommst dir ungeheuer vor.

Du hast jetzt so was wie Routine
und bist den Jungen überlegen.
Und bei den Alten bist du »in«,
beinah' schon hast du ihren Segen.
Derzeit bist du grade treu.
Das geht vorbei.

Jedes Alter ist zu blöd.
Sechzig heißt: der Spiegel schreckt,
wenn das neue Maßjackett
deinen Bauch nur schlecht verdeckt.

Und wenn du nicht mehr lachen kannst
und wenn du nicht mehr richtig weinst
und wenn du etwas nicht mehr kannst,
was du perfekt zu können meinst.

Und wenn du schon aus Mitleid küßt
und Katastrophen nicht mehr wagst
und wenn du so erfahren bist,
daß du Rätsel dir versagst.
Dann wird alles Gaukelei.
Das geht vorbei.

Jedes Alter ist zu blöd.
Tot sein heißt: das wär's gewesen!
Wollen Sie den Grabstein lesen,
wo man noch als Inschrift steht?!?

Ja, manchmal heißt das »ew'ge Ruh«,
wenn einer wieder leblos wird.
Ab morgen bist es nicht mehr du,
der sein Morgen disponiert.

Ja, jetzt bist du am Ziel des Seins,
denn alles ist jetzt alterslos.
Die Blödheit ist jetzt übergroß,
denn um dich gibt es nur mehr eins:
ewig gleiches Einerlei.
Das geht nicht mehr vorbei.

Die Alten (Les vieux)

Ja seh'n S' die alten Leut',
die reden nimmer viel,
die schaun nur noch beredt.
Und hab'n s' was auf der Bank,
dann frag'n s' manchmal nach,
wie unsre Währung steht.
Sie staunen, was passiert,
denn alles, was passiert,
das gab es früher nie.
Sie war'n einmal fast dran
am Pulsschlag ihrer Zeit,
heut' steh'n sie vis-à-vis.
Sie hatten viel gelacht,
heut' ist die Stimme müd'
und klingt schon mehr nach Blech.
Sie hatten viel geweint,
und jeder Tränensack
trägt schwer an altem Pech.
Sie schlafen nie sehr tief
alleine im Salon,
die Wanduhr hält sie wach.
Und seh'n sie nach der Zeit,
dann merken sie erstaunt:
Es ist schon »Viertel nach«.

Ja seh'n S' die alten Leut',
die wollen nimmer mehr,
daß wer den Flügel stimmt.
Der Flügel ist ein Grab,
so wie die Bücherwand,
aus der man nichts mehr nimmt.
Die Wege werden kurz,
denn drinnen in der Stadt,
da kauft man nichts mehr ein.
Am schönsten ist der Weg
vom Fenster weg zum Bett.

Die alte Welt wird klein.
Wenn ein Kollege stirbt,
den man von früher kennt,
erweist man ihm die Ehr'.
»Ja, war der schon so alt?«,
fragt man sich selbst und geht
dann rechnend hinterher.
Dann kommen Jahreszahl'n
andauernd kreuz und quer
bis unter's eigne Dach.
Doch dort zeigt – Gott sei Dank! –
die Wanduhr im Salon
verläßlich »Viertel nach«.

Ja seh'n S' die alten Leut',
die können nimmer sterb'n,
die bleib'n nur mehr lieg'n.
Oft denken s' an das G'sicht
von den beteilten Erb'n,
wenn die die Nachricht krieg'n.
Dann sperren sie den Schrank
auf alle Fälle zu
und gleich drauf wieder auf.
Und denken, daß was fehlt,
und denken drüber nach
und kommen nicht mehr drauf.
Sie schau'n, wenn man sie trifft,
beinahe schüchtern drein.
Sie wollen ja nicht stör'n.
Und fragen sie, seit wann
der große Neubau steht,
dann sind sie kaum zu hör'n.
Sie kommen nicht mehr vor
in diesem hellen Licht,
in diesem lauten Krach.
Die Wanduhr im Salon
ist ihnen laut genug –
und die zeigt »Viertel nach«,
und die zeigt »Viertel nach«. . . .

Tango funèbre

Wie seh' ich das vor mir,
wie alle Welt mich küßt
und voll von Liebe ist,
wenn ich einmal krepier'.

Ach, ist der Kummer groß:
»Was, schlimmer als vorher?!?« –
»Zu ändern ist nichts mehr?!?« –
»Nein, leider aussichtslos.«

Dann teilen sie sich auf,
was ich an Plunder hab'.
Mir bleibt nur noch mein Grab,
der Rest geht gänzlich drauf.

Dein Brief aus Cap Ferrat,
in dem du »plastisch« schriebst,
wie *sehr* du mich jetzt liebst,
den finden sie – na ja – ha ha ha ha!

Wie seh' ich das vor mir,
wie finde ich das arg:
ein Trauerzug plus Sarg –
das letzte Souvenir.

Da kommt in Schwarz und Grau
und zwischendurch mit Nerz,
die Nase höllenwärts,
die Trauermodenschau.

Die einen weinen gut,
die andern weinen schlecht,
sind einmal Tränen echt,
sind's höchstens die aus Wut.

Nur Flieder gibt's nicht viel.
Die Zeit ist schon vorbei.
Der Kenner stirbt im Mai.
Das ist mein schlechter Stil – ha ha ha ha!

Wie seh' ich das vor mir,
wie dich mein Feund beschützt,
wie er die Chance nützt
als wahrer Kavalier.

Wie seh' ich das so klar,
wie gut er's mit dir meint.
Zur Pfarrerrede weint
ein hübsches neues Paar.

Das Trauerfest ist aus,
die Einsamkeit tut weh.
Er hat ein Sportcoupé
und bringt dich gleich nach Haus.

Ihr kommt euch menschlich nah.
Du sagst: Ein Mann wie er
kommt sicher niemals mehr –.
Er denkt: Ich bin schon da – ha ha ha ha!

Wie seh' ich das vor mir,
wie fad der Himmel ist,
ich sag', wenn's mich verdrießt:
Ich war zu lange hier.

Ich fordere Audienz
und bitte um Pardon.
Er sagt: »Was gibt's mein Sohn?«
Ich sage: »Excellenz –

– ich hab' eine Idee,
ich finde sie genial;
ich lebe noch einmal,
und zwar als Chansonnier.«

Ich bring' mein Repertoire
von hier heroben mit
und sing' das Tangolied:
Ich bin schon wieder da – ha ha ha ha!

Mein allerletztes Glas
(Mon dernier repas)

Mein allerletztes Glas,
das muß das beste sein.
Mit einem Durchschnittswein
macht Sterben keinen Spaß.

Mein allerletztes Glas
füll' ich zum Rand hin an.
Es beißt ein kluger Mann
nicht nüchtern in das Gras.

Ich freu' mich auf den Wein,
wahrscheinlich ein Veltliner.
Es kann für einen Wiener
auch gern ein Riesling sein.

Schön wäre auch Chablis,
doch kann der Wein auch rot sein.
So kurz bevor dem Totsein
schadet Chianti nie.

Und kann ich nicht mehr steh'n,
dann stützt mich irgendwer.
Ich will vom Hügel her
noch einmal alles seh'n.

Ich hab' zwar keine Wahl,
doch immer noch den Spott
für diesen einen Gott.
Ein allerletztes Mal.

Mein allerletztes Glas
bedarf auch des Buffets
mit exzellentem Käs
(nur kein Kantinenfraß).

Und die Musik zum Wein,
die wird kein Wienerlied.
Das ist der Unterschied:
für mich darf's Tango sein.

Dann sing' ich ordinär
von Bürgern und von Huren
und andern Scheißfiguren
und von der Nacht am Meer.

Und dann fliegt an die Wand
das allerletzte Glas.
Hoffentlich schaff' ich das
noch mit der alten Hand.

Und kann ich nicht mehr geh'n,
dann stützt mich irgendwer.
Ich will vom Hügel her
noch einmal alles seh'n.

Dann schreie ich: Skandal!,
was man für Umwelt hat!?!,
und sprech' das Götz-Zitat.
Ein allerletztes Mal.

Mein allerletztes Glas
soll euch ein Anlaß sein
für eure Sauferei'n.
Bitte, versprecht mir das!

Mein allerletztes Glas
ist mehr als ein Pokal.
Man hat ja nur einmal
ein allerletztes Glas.

Und wenn mit jedem Schluck
das Leben leise abrinnt
und irgendwo hinabrinnt,
trink' ich es Zug um Zug.

Und jedes Rauschprojekt,
das man einmal gesagt hat
und immerzu vertagt hat,
kommt wieder, wenn's mir schmeckt.

Und kann ich nicht mehr steh'n,
dann stützt mich irgendwer.
Ich will vom Hügel her
noch einmal alles seh'n.

Es ist ein Wartesaal,
das Land, das mir verschwimmt.
Ich habe Angst. Das stimmt.
Ein allerletztes Mal.